ぼくたちのためのレシピノート

bokutachi no tameno Recipe note.

Morizono Kotori
森園ことり

ALPHAPOLIS
アルファポリス

1　桜茶　キャラメル

ぼく、今川広夢《いまがわひろむ》は図書館でアルバイトを始めて一年たつけれど、いまだに満足のいくような仕事をすることができないし、周囲の人間とうまく接することもできていない。

利用者に話しかけられても必要最低限の言葉しか返せない。

貸出処理のスピードも、丁寧《ていねい》にやり過ぎてしまうせいで、遅いとよく注意される。

「東洋医術の本ある？」

まったく知らない本の場所を訊《き》かれると、落ち着いて貸出機で検索すればいいのに、決まって焦《あせ》ってしまい、やたら時間がかかってしまう。

その挙げ句、なぜか見つけることができず、

「ここにはないようです」

と相手に死の宣告を受けたようながっかりした顔をさせてしまう。

正規の図書館職員は事務室で事務作業をするのが主で、カウンターに出ることはほとんどない。

そのため、利用者と接することもほぼない。

本来ならぼくはそういう事務作業のほうが向いている。大勢の人間と話さないですむから。

でもアルバイトのぼくはカウンター業務と配架《はいか》が仕事だから、利用者である色々な人間に対応

し、会話をしなければいけない。これがどうしても苦痛でならない。

声が小さいことで何度も聞き返されたり、ミスをしても上手に謝罪できないので舌打ちや叱咤《しった》されたりすることも少なくない。

また、大きな図書館だけに同僚《どうりょう》がやけに多いので、人付き合いが苦手なぼくには極めて厳しい。同僚が少なくても厳しいことに変わりはないだろうが、人数が多ければ多いほど、一人でいることが目立ってしまう。

図書館で働こうと思ったのは、静かにカウンターの椅子《いす》に座って、利用者が来るまで本を読んで過ごす……なんてイメージを勝手に抱いていたからだ。

実際は、接客業みたいなもので、最もぼくに向かない。

それでも辞めずに一年も続けているのは、どんな仕事でも人と接しなければいけないということを、こんなぼくでも理解しているからだ。

だったら新しい環境で見知らぬ人たちとまた一から関係を築くよりは、ここで我慢したほうがマシだ。

ここならもう周囲の人たちは、ぼくの非社交的な性格を把握《はあく》しているから放っておいてくれる。

当然、働き始めて一年もたつのに、同僚たちとのほとんどと壁があった。

「とてつもなく高い壁がありますよね」

まどかさんにもそう言われたことがある。

山田《やまだ》まどかはぼくより一つ年下の十九歳の大学生で、ぼくより半年あとから働き始めたのだけれど、ぼくよりずっと仕事ができるし、職場になじんでいる。

「わたし、年下ですし、後輩なんですから、敬語やめてくださいよ」

そう言われるのだけれど、敬語はどうしてもやめられない。

敬語を使わずに喋《しゃべ》る相手は家族以外にいない。

本当は同僚を下の名前で呼ぶことにも抵抗がある。しかし職場には他にも山田さんがいるので、まどかさんのことは下の名前で呼ぶしかない。

そんなことを考えながら配架を続けていると、金髪の女性が、剃《そ》り込《こ》みを入れた大男にもたれかかりながら訊《たず》ねてきた。

「あのー、カクテルの本てどこにありますか?」

「三番と書かれている通路の書棚にあります」

「あ?」

大男が苛立《いらだ》ったような声をあげる。

「さ……三番の」

隣の女性がくすくす笑いながら、男の腕を引っ張った。

「あっちみたい。いこ」

「ちっせー声だな」

吐き捨てるように大男が言った。

彼の言う通り、ぼくの声は本当にとても小さい。大きい声がどうしても出せない。

「ちゃんと食べてないから、腹の底から声が出ないのよ」

なんてことを、ある中年女性の同僚に言われたことがある。

でもぼくが太ったとしても声は大きくはならないだろう。


「ぼく、今川さんの隣の部屋に住んでるんです」

図書館スタッフ用の休憩室《きゅうけいしつ》で休んでいる時、ぼくの隣に座る星野響《ほしのひびき》が、突然そんなことを言い出した。

ぼくの吹き出したお茶がまどかさんの持っていたクッキーを直撃して、彼女は悲鳴をあげる。

「ぎゃ。何してくれてんですか」

顔をしかめた彼女は新しいクッキーに手を伸ばしながら、星野響とぼくを交互に見た。

「でもそれってすごい偶然ですよね。今川さん、知ってました？」

「いえ」

ぼくはそう答えながら、ティッシュペーパーで汚れたテーブルを拭《ふ》く。

「挨拶《あいさつ》に何度か訪ねたんですが、いつもお留守みたいで」

そういえば半月ほど前、毎日のようにしつこくドアをノックする者がいた。セールスだろうと出なかったのだが、そうしたら、ある日ドアのノブのところに紙袋がかかっていた。

タオルの入った箱と、

『隣に引っ越してきました。よろしくお願いします。星野』

と書かれたメモ用紙も入っていた。

隣の部屋に引っ越してきた『星野』が、隣に座っている星野響だと言われてもぴんとこない。

しかし、変な汗がふき出してきた。

「住んでるアパートが同じ、職場も同じ、同じ大学生で、同い年」

まどかさんは指を折りながらぼくたちを見た。

「あとは何が同じ？」

休憩時間が終わって仕事に戻っても、変な汗が止まらなかった。それでも何とか配架をしていると、時折、カウンターにいる星野響が視界に入ってきた。

彼はこの図書館で働き始めてからまだ数日だけれど、既にスムーズに仕事をこなしている。

ここはかなり大きな中央図書館で、利用者も他の図書館に比べて格段に多い。

総合カウンター、児童室カウンター、視聴覚カウンターと三つのカウンターがあって、色々な種類の書籍を扱う総合カウンターは一番大きいフロアにあるので特に忙しい。

カウンターは長く、五人のスタッフが貸出処理をすることができるけれど、それでも毎日のように、貸出を待つずらりと長い行列ができる。

だから総合カウンターはぼくたちにとって戦場のようなもので、とにかくスピードと正確さが求められる。

貸出処理だけならいいが、新規の利用者登録を希望する人や、本を汚したりなくしたりして弁《べん》償《しょう》手続きをする人もいる。

それだけでなく、求めている情報や本を探し出す手助けをしてくれる、レファレンス担当のカウンターへ行かず、普通のカウンターで、

「この古い漢字の読み方を調べたいんだけど、どこにそういう本あります？」

などと突然訊ねてくる人だっている。

とにかくやる仕事、覚えることが多いのだ。

だからこの図書館のマニュアルはぞっとするほど分厚い。

一週間の研修期間中は見習いとして、『研修中』と書かれた札を胸につける。

研修中にカウンターに立つ時は、いつでもフォローできるようにベテランスタッフがすぐそばについていてくれて、困った時には手取り足取り教えてくれる。

しかしその一週間が終わると問答無用で独り立ちさせられてしまう。

たった一週間で独り立ちできる自信がなくて、研修中に辞《や》めていく人もいる。

それなのに、星野響は二日ほどで一通りの仕事を覚えてしまい、フォローのスタッフが出る幕は既にない。

だから、少し暇《ひま》になると、彼はフォロースタッフのベテランパート主婦さんと雑談をかます、なんていう芸当までしてのけている。

そんな彼は利用者に対しても、余裕を持った対応ができる。

たとえば、「コピーがうまくとれない」と年配の男性が助けを求めてくれば、すぐにフォロースタッフにカウンター仕事をまかせて、利用者と一緒にコピー機まで行ってコピーをとってあ

げる。

児童室では、小学校低学年ぐらいの子供がもじもじしながらカウンターにやってくると、「さがしてる本がみつからないの？」などと子供の目線まで腰をおとして、優しい笑顔で話しかける。自分から声をかけるなど、ぼくには到底できない芸当だ。

彼はイベントポスターの飾りつけ用の折り紙を取り出して、ささっと器用に風船を折ってあげて、そんな恥ずかしがり屋な子供にあげたりもする。

その子は後日、星野響がカウンターにいる時にやって来ると、お礼のつもりなのだろうか、キャンディーを一個、星野響に差し出した。

利用者から、しかも子供から、そんな素敵なプレゼントをもらったスタッフはそういないだろう。

また、スーツ姿で五冊ほどの単行本を借りに来た男性サラリーマンには、彼が手ぶらだと見てとるやいなやすぐに、

「よかったらお使いください」

と、ストックしてある紙の手提《てさ》げ袋を、カウンター下の箱から取り出して男性に差し出した。

「お、ありがとう。気が利くなぁ」

そのサラリーマンは、彼の心遣《こころづか》いと機転のよさに、えらく感激していた。

研修中にここまでやってのけた人間を、星野響以外にぼくは知らない。

前にも何かしらのアルバイトをしていたんだろうが、彼はどこでもやっていけるような人間だ。

それも、誰《だれ》よりもうまく。

何よりもそのコミュニケーション能力の高さにはひれ伏すしかない。

ぼくが図書館にいる間で最も苦手な休憩時間でも、彼はその能力を発揮《はっき》した。

休憩時間は十分間と短いのだが、その間にささっと食事用のパンやおにぎりをかきこんだり、お菓子やお茶で仕事の疲れを取ったりする。

同じ休憩時間になった人たちとテーブルで向かいあうのがぼくにはとても苦痛だ。

みんなでわいわい楽しそうに会話している中に入れないし、入りたいとも思わない。もっと休憩時間が長ければ、外のコーヒーチェーン店に逃げ込みたいところだ。

だから休憩時間はいつも、丸まったダンゴ虫みたいに気配を消して食事をとるか、本を読むかしている。

でも、初めて星野響と休憩時間が一緒になった時、彼は誰よりも先にぼくに話しかけてきた。

「何読んでるんですか?」

ぼくはその時、有名な文学賞の候補になった作品群の一冊を読んでいた。図書館に勤める者として、というよりも、単純に興味があるからだ。いつもその賞の候補作は読むようにしているので、そのことを伝えた。

「すごい。ぼくも今度から読むようにしようかな」

ぼくの言葉に驚きながら彼がそう言うと、他の女性スタッフがニヤッとしながら声をかけてきた。

「わたしもそれ読んだよ。ラスト、すごいよ」

「ちょっと、ネタバレはだめですよ。ねえ？」

彼はぼくにそう同意を求めて、眉間《みけん》に爽《さわ》やかな皺《しわ》を寄せた。

「ごめんごめん。でも面白いから、それ。おすすめ。受賞するといいよねえ」

女性スタッフが笑顔でぼくに向かって言ったので、ぼくは挙動不審になりながら、なんとか頷《うなず》いた。

ぼくがここで働き始めて一年、その女性スタッフがそんな笑顔で話しかけてくれたのは、その時が初めてだった。

それに比べて、働き始めてわずか数日の星野響は簡単にぼくを同僚との会話に引き込み、ぼくへの笑顔さえ引き出した。

ぼくの一年と、彼の数日は等価なのだと思うと、めまいがした。

それからも、星野響はぼくと休憩時間が一緒になると、ぼくがどんなに『話しかけるなオーラ』を出していても、それを飄々《ひょうひょう》とぶち破って、みんなの会話にぼくを引きずりこもうとする。

それも、ごく自然に。

彼の『天性の無邪気《むじゃき》さ』に、ぼくの『話しかけるなオーラ』は勝てない。

でもぼくは思う。

星野響は確かに無邪気だけど、それを意識的に利用している。

ぼくが職場で孤立していることを一瞬で察知して、意識的にぼくを会話に引き込み、円滑《えんかつ》なコミュニケーションをとらせようとしている。

なぜ彼がそんなことをするのか、ぼくにはわからない。

単にお節介《せっかい》な性分《しょうぶん》なのか、あるいは自分のコミュニケーション能力の高さを、ぼくを使って周囲に見せつけたいのかもしれない。

仮に前者なのであれば大きなお世話だし、後者であれば性質《たち》が悪い。

ぼくは星野響のことを、苦手な人間に分類した。


ある日、仕事を終えたぼくは、図書館の裏にある自動販売機でカルピスウォーターを買った。

喉《のど》が渇いていたので無心で飲んでいると、突然、暗闇から呼びかけられた。

ひどく驚いたぼくはペットボトルを落としてしまった。

それを拾いあげたのは、星野響だった。

「驚かせてすみません」

彼は黄色い自転車をひいていた。

「こっちに来るのが見えたんで」

桜の花びらがどこからか舞い落ちてきて、ぼくにペットボトルを手渡す彼の紫色のキャップの上に落ちた。

「よかったら一緒に帰りませんか?」

ぼくは持っているペットボトルを軽くあげて、首を横に振った。

「これ飲んでから帰ります」

「待ちます」

すかさず言葉を返してきた星野響。

ぼくが何も言えず黙っていると、彼は自転車にまたがった。

「すみません、邪魔をしてしまって。じゃあ、おつかれさまでした」

闇の中に消えていく黄色い自転車をじっと見つめていたぼくは、気が滅入《めい》ってきた。

もし彼が、純粋な親切心でぼくによくしてくれているのだとしたら。

でも、ぼくにはどうしたらいいのかわからない。

自転車を押して、とぼとぼと近くの公園に行った。

夜の公園は不気味だ。ブランコが勝手に動き出しそうに思える。でもここに来ると、なぜかほっとする。

この小さな公園は街のエアポケット的な存在で、夜になると誰も来ない。カップルさえも来ない。銀杏《いちょう》の緑の葉だけが、街の建物を撫《な》でてきた風に揺れている。

空を見上げると半月が輝いていた。星はほとんどない。

月を見ているとさびしくなるのはなぜだろう。

完璧過ぎるほど綺麗《きれい》だからだろうか。冷たい光を放っているからだろうか。お互い一人ぼっちだからだろうか。

アパートに帰って駐輪場に自転車をとめると、星野響の自転車が目に入った。彼の黄色い自転車はひときわ輝いて見える。どうやら新品のようだ。引っ越し祝いに誰かからもらったのかもしれない。

ぼくの部屋は二階の角部屋で、その隣の彼の部屋の明かりはついていた。

隣の部屋に同僚が住んでいる。

こういう偶然がそうないのはわかっている。だから、彼は今夜、ぼくと帰ろうとしたんだろう。たぶん、仲良くなるために。

友達が欲しくないわけじゃない。

ただ、相手がどんな人間かわからないのに簡単に距離を縮めるのが怖い。相手のことをよく知りたい。ぼくと合う人間か。ぼくが好きになれる人間か。ぼくを悩ませない人間か。

ぼくの周囲には、友人関係で悩んでいる人たちが大勢いた。

突然仲間はずれにされたり、金の貸し借りで揉《も》めたり、グループ内での恋愛トラブルがあったりなど、あげればキリがない。

単に、そもそも気が合わないのに成り行きで友達になってしまって、付き合うのがストレスや苦痛になっているという人もいた。

そういうのを傍《はた》から見ていると、つくづく一人のほうが楽だと思った。

その一方で、たとえうわべだけの関係でも、時を共に過ごす誰かがいる人たちを羨《うらや》ましく思うこともある。

一人は辛い。孤独は心も体も冷たく固くする。

カップラーメンを作ったが、食欲がなくて半分ほど食べてやめた。胃が痛んだので胃薬を飲み、シャワーを浴びてベッドに横になった。

隣の部屋は静かだった。

聞き耳をたてるなんて、よくないことだ。

だから耳栓《みみせん》をして、ラジオをつけっぱなしにして眠った。


女性の笑い声で目が覚めた時、ラジオの音だと思った。

でも耳栓を取って耳をすますと、ラジオからはギターの音色《ねいろ》が流れていた。

若い女性の笑い声はどうやら壁の向こう側から聞こえてくるようだった。

そう。星野響の部屋から。

彼女か。

あるいは姉か妹、女友達という可能性もある。

いや……それはないか。

隣から聞こえてくる女性の笑い声は、肉親や友達の前であげる女性の笑い声とは違い、異性、それも好意を寄せる相手の前であげる笑い声独特の、艶《つや》と華やかさがある。

やっぱり彼女だろう。

当然だけれど、この部屋に女性が入ったことはない。母親をのぞいて。

隣から聞こえてくる女性の笑い声が耳障《みみざわ》りに感じるのは、妬《ねた》みとひがみからか。

今日の大学の授業は午後からで午前中は用事がない。まだ朝の八時だ。

ベッドから起き上がってラジオを消したぼくは、パーカーをはおって部屋から出た。なるべく隣の部屋を見ないようにしながら早足で廊下を進む。

まだ胃が痛い。

相変わらず食欲もない。

アパートから一番近いコンビニエンスストアに入ると、牛乳とカップラーメンをカゴの中に入れた。

それから雑誌コーナーに行って、ある男性誌の表紙を眺めた。ひそかに応援している女優が微《ほほ》笑《え》んでいる。ぼくはその雑誌を手に取って開いた。

その女優はぼくと同い年で、去年ブレイクして一気に人気になった。今も連続ドラマの主演をつとめている。彼女は公園のブランコに座り、無邪気な笑顔でこちらに笑いかけていた。

『休日ですか？　ほとんどひきこもり状態ですよ（笑）。家で過ごすことが好きなんですよね。マイブームは読書です。お友達からすすめてもらった小説が面白くてはまっちゃいました。あ、おすすめの本とかありますか？』

あるよ。

面白い本ぐらい、いくらでも教えてあげられる。

ぼくはため息をつくと、雑誌を閉じてラックに戻した。

そしてレジカウンターに向かって歩き出した時、星野響が女性と一緒に入ってきた。

彼はすぐにぼくに気づいて、「あ、どうも」と笑った。昨日のことは全然気にしていないように見えた。

彼は隣にいる、すらりとした色白の美人に向かって、ぼくのことを紹介した。

「こちら、同僚で隣の部屋に住んでる今川さん」

「ああ」

彼女はぼくを見て、丁寧に頭を下げた。

ぼくもしかたなく頭を下げる。

星野響はベージュのチノパンに黒いドット柄のシャツ、紺色のカーディガンというこざっぱりとしたなりをしていて、隣の女性は淡い水色のワンピースに白いノーカラーのジャケットをはおっている。

ぼくはパジャマにしているスウェットパンツにTシャツ、パーカーという格好で、すべてが気持ちよくよれよれになっていた。

「はじめまして。新木《あらき》ゆりです」

「あ……今川広夢です」

軽く頭を下げてレジに向かった。財布を取り出して代金を払う。

ビニール袋をぶらさげて出口に向かおうとした時、彼らはまだ同じ場所にいて、ぼくのことを見つめていた。ぼくはまた軽く会釈《えしゃく》をして彼らの横を通り過ぎた。

その時、彼の連れの女性からいい匂いがしたことを覚えている。彼女の趣味《しゅみ》はアロマで、その匂いがジャスミンだと知ったのはもっとあとのことだ。

その時はただ、女性というのはずいぶんいい匂いがするものだと驚き、また、そんな匂いをいつも嗅《か》いでいられる星野響はなんて恵まれた男だろうと思った。

共通点がいくら多くても、相違点がこれじゃあ、神様も不公平すぎるというものだ。といっても、この世界が不公平にできているということはもうずっと前から知っている。そのことでなんだかんだ言われても神様も困るだろう。公平とか不公平とか、幸せとか不幸せとか、そういうことはあまり考えないほうがいい。考えてもどうせ無駄だし虚《むな》しくなるだけだから。

それでもやはり、目の前に幸せそうな人たちが現れると心は揺れる。どうして自分はあんなふうになれないんだろうと、悲しくなる。

もう二人に会いたくなかったので、部屋に帰るとすぐに着替えて近所の図書館に行った。

職場の図書館よりもこぢんまりとしていて蔵書も少ないけれど、そのぶん、利用者も少なくて落ち着けるところが気に入っている。

図書館は開いたばかりで、まだ空《す》いていた。しかし、他に行き場がない人々が既に大きな荷物を床に置いて椅子に陣取っている。

まだ小さい頃、ぼくは彼らと自分は違うと思っていた。

でも今は違う。一人暮らしを始めてから考えが変わった。

病気になったり、働けなくなったりしたらどうなるだろう。ぼくにだって、誰にだって、家を失う可能性はある。だから、ぼくたちと彼らは違わない。

そして、誰にとっても、雨風と暑さ寒さをしのげる図書館という場所は必要だ。これまでも、これから先もずっと。

大きなテーブルで本を読み始めると、しばらくして隣に座っていた男性が、「ねえ」と声をかけてきた。

「何か書くもの持ってない？」

彼は手ぶらで来たようで、荷物を持っていなかった。三十代だろうか。上下ジャージ姿だが顔立ちは整っており、人懐っこいくしゃっとした笑顔が印象的だ。

平日の午前中にこの格好で図書館にいるなんて、どんな仕事をしてるんだろう。あるいはしていないんだろうか。

ぼくはリュックサックからペンケースを取り出した。

「ボールペンでいいですか？」

「うん、いいよ」

彼はボールペンを受け取るとにっこり笑った。

「メモ用紙とかもある？」

ぼくはメモ帳を取り出して一枚破り、テーブルに置く。彼はそれを持って腰をあげた。

「ちょっと借りるね」

彼はスマートフォンを握って小走りに図書館から出ていって、十分ぐらいたってから戻ってきた。

「ありがと」

そう礼を言ってきた彼は、軽い足取りで立ち去った。ボールペンは返ってこなかった。

その日、ぼくが言葉を交わしたのは、星野響と新木ゆりとボールペンを貸した男だけだった。

大学では誰とも話さなかった。

学校で誰とも話さないのには慣れている。

中学生の頃から、ぼくには友達というものがいない。

別にいじめられていたわけではない。ただ、孤立していた。勉強もできたし、スポーツもそこそこできた。でも、人とコミュニケーションをとることが苦手だった。自分から話しかけることができないし、話しかけられても黙り込んでしまって会話にならない。

そのうちぼくは人と向き合うことを諦《あきら》めてしまったし、周囲の人々もぼくを放っておくことにしたみたいだった。

いじめられなかったのは、ぼくが授業のノートを代償《だいしょう》なしにみんなに貸してあげたからだろう。会話をする必要はなかった。

「今川、英語のノート見せて」

そう言われれば、黙ってノートを差し出した。

ぼくのノートは宿題をしていない男子生徒や女子生徒たちの手に渡り、彼らのノートに写された。

そういうのが、中学、高校と続いて、そして大学でも繰り返されている。

「嫌じゃないの？」

男子生徒にノートを貸したぼくに、そう訊ねた女の子が過去に一人だけいた。

中学三年生の時のクラスメイトの佐々木清香《ささきさやか》だ。

ぼくが無言で首を横に振ると、彼女は大人びた静かな表情でただじっとぼくを見つめた。そして、ポケットから何かを取り出してぼくの机の上において立ち去った。

それはキャラメルだった。

ぼくはその時だけなんだか泣きそうになって、誰かに奪われないようにすぐに手に取ってポケットにしまった。

そのキャラメルは食べることができなかった。大事に、お守りのようにいつも学生服のポケットに入れたままにしておいた。

しかし、いつの間にかなくなってしまった。なくなったことに気づいた時はとても悲しかった。

それからというもの、ぼくの好物はキャラメルになった。

今でもキャラメルをいつも、いくつかポケットにしのばせている。

孤独を感じると、ぼくはポケットに手を入れて、それをぎゅっと握りしめる。

新木ゆりがぼくの部屋のドアを激しく叩《たた》いたのは、それから数日後の日曜日の午後三時過ぎだった。

「すみません！　すみません！」

めちゃくちゃに叩かれているドアの音と取り乱した女性の声に、ぼくの心臓はぎゅっと縮み上がった。

その時ぼくは、ラジオを流しながら、スパークスの『きみに読む物語』を読んでいた。

「今川さん！　ゆりです！　助けてください！」

ゆり。新木ゆり。

以前会った彼女の、清楚《せいそ》でおとなしそうな外見からは想像がつかないほどの大声だった。

助けて、という言葉に、本を放り出して、足をもつれさせながら玄関に向かった。

ドアを開けると、ピンク色のカーディガンにデニムパンツ姿の彼女が床にしゃがみこんでいた。

一瞬、星野響に暴力でもふるわれて助けを求めてきたのかと思ったぼくは、隣のドアにさっと視線をやった。

「響が出てこないんです」

「……え」

「昨日の夜から電話に出ないし、今も部屋の中にいるはずなのに開けてくれないんです」

状況がのみこめなかった。

星野響と昨夜から連絡がとれない……ということは、何か問題なのだろうか。こんなに取り乱すぐらいに。

彼女は立ち上がり、ぼくの手首を掴《つか》んだ。驚くほど強い力だった。

「大家さん……の電話番号、教えてください。鍵《かぎ》、開けてもらわないと」

「……え」

そんなこと、していいのか？

「はやく！」

彼女が声を荒らげた時、かちゃりと隣のドアが開いて、星野響が顔を出した。

彼はこちらを見て、呑気《のんき》に手を振った。

気がつくと、新木ゆりは瞬間移動したみたいに既に彼の腕のなかにいた。

「ごめん」

星野響はそう謝った。

「大丈夫？」

彼女は胸にすがりつきながら彼を見上げている。

「寝てた」

「本当に？　寝てただけ？」

「本当だよ」

あくびをした星野響がよろけて、彼女が支えきれずに二人はアパートの廊下《ろうか》に倒れ込んだ。顔だけこちらに向けた彼は笑いながら口を開く。

「めまい……寝過ぎ」

手を貸さないわけにはいかなかった。ふらふらしている星野響に肩を貸して、彼の部屋の中に入る。

風がすっと耳の横を通った。白いカーテンが風を抱いて大きく翻《ひるがえ》っている。大きな観葉植物の葉も揺れている。小鳥のオブジェが本棚のあちこちで囀《さえず》っていた。聴こえない声で。物は少ないが殺風景《さっぷうけい》ではなく、温かみのあるいい部屋であることは、ぼくにもわかった。壁には無数の写真が貼《は》られていた。風景や人、花やオブジェ……すべて彼が撮影したのだろう。ゆりさんの写真もあった。

風邪《かぜ》？　熱は？　一応薬飲んでおいたら？

などという二人の会話がきれぎれに聞こえてくる。二人は小声で話をしていた。

「じゃあぼくはこれで……」

ぼくが退散しようとすると、また瞬間移動したかのように、今度はぼくの横に彼女がいた。

「お騒がせしてしまってすみません。お詫《わ》びにお茶を飲んでいってください」

「いやそんな……」

「響、この前のクッキーまだあるよね？」

「あるよ。食器棚の一番上見て」

「オッケー」

早くこの場から立ち去りたいぼくを引き止めて、電気ケトルにお水を入れているゆりさんが、「座っててください」と笑った。

ゆり、という綺麗な響きの名前があまりにも彼女に似合っていたので、自然と心の中で下の名前で呼んでいた。ぼくにしてみれば、極めて珍しいことだ。

ぼくは彼女に返す言葉が見つからず、しかたなくローテーブルの前に腰をおろした。

星野響はベッドに横になって目を閉じている。そしてそのまま口笛を吹き始めた。聴いたことのないメロディだ。それにあわせてゆりさんも綺麗な口笛を吹いた。

二人の美しい口笛の音で室内が満たされる。二匹のカナリアが部屋にいるみたいに。

観葉植物をぼんやり見ていると、「ブーゲンビリアです」と口笛をやめたゆりさんが言った。

「引っ越し祝いにわたしがプレゼントしたんです」

ブーゲンビリアという、鮮やかな濃いピンクの花のような葉が印象的な植物は、部屋をとても華やかに彩《いろど》っている。それは、二人の幸せな関係を象徴しているようにぼくには見えた。

彼女は皿に黄色いペーパーナプキンを敷いて、その上に桜の形をしたクッキーを綺麗に並べてローテーブルに置く。それから、透明のお茶を出してくれた。底に何か沈んでいる。

「それは桜の花です。桜茶っていうんですよ」

塩漬《しおづ》けした桜の花を使っているらしい。だからほんのりしょっぱい味がするのか。こんな洒落《しゃれ》たものを飲むのは初めてだった。とても上品なものを飲んでいる気がする。もちろん、おいしい。

クッキーを齧《かじ》ると、懐かしい味がした。

「それ、彼女の手作りなんです」

と星野響がゆりさんを見ながら言った。

道理で懐かしい味がするわけだ。母親が昔作ってくれたクッキーと同じ味がする。見た目はこちらのほうがずっと洗練されているけれど。

若い女性が作ったお菓子を食べるのは生まれて初めてだったことを思い出して、噛《か》みしめるようにして食べた。

そんなぼくを見ながら、「お花見はしました？」とゆりさんが訊ねてきた。

ぼくは首を横に振った。桜は見たが、お花見はしていない。一緒にお花見をする人がいない。

「じゃあ、しましょうよ」

ゆりさんはそう言うけど、既に近所の桜は咲き終わり、葉桜になっている。そんなぼくの心の声が聞こえたかのように、彼女は微笑んだ。

「葉桜だっていいじゃないですか。桜は桜です」

「桜は桜か。名言だね」

そう星野響が頷いた。

「いつにしましょうか？」

ゆりさんは卓上カレンダーを見て言う。

葉桜見物に行くことに決まってしまったのか？

「今夜は？」

ゆりさんが星野響に訊ねた。

「響の具合がいいなら」

「いいよ。今夜は今川さんも仕事ないですよね」

彼はぼくのシフトをチェックしてるのか。

ぼくの驚きをよそに、二人はどんどん話を進めていく。

「何か食べ物、用意しないとね。何がいいかな」

そう言う星野響の顔色はいつの間にかよくなっている。なんだかとても楽しそうだ。

どうせなら恋人と二人きりで行けばいいのに。

こんなお邪魔虫《じゃまむし》がついていくのに、どうしてそんなふうに笑っていられるんだろう。

「ハンバーガー」

ゆりさんがぴっと人差し指を天に向けて、にっこりしながらそう言うと、星野響は苦笑いを浮かべた。

「またそれ？」

やれやれといった表情で彼はぼくに説明する。

「ゆりの得意料理なんです」

そうなんですか、とぼくはもごもごと小声で言った。

「まあ、外でも食べやすいし、ハンバーガーでいいか」

「何その言い方。わたしのハンバーガーは手作りだから貴重なんだよ」

ゆりさんは口をとがらせて星野響に異を唱《とな》え、それからぼくに向かってにっこり笑ってみせた。

赤面しそうだったので慌ててぼくは俯《うつむ》いた。

材料を買ってくると言ってゆりさんが部屋を出て行くと、部屋はしんと静まりかえる。

しばらくしてそっと星野響の様子を見たら、口をわずかに開いて寝息をたてていた。

ぼくは何をするでもなく、そっと膝《ひざ》を抱えた。本棚の小鳥を見つめていると、さっきの二人の口笛が耳の奥で甦《よみがえ》り、頭の中で流れ始めた。

2　きつねうどん

なんでここにいるんだろう。

大学にいる時、ふと気づくと自問自答している。

親が大学には行けと言ったので、文学部を選んだ。

本が好きで、他のことには興味がないから。

一応、司書資格がとれる大学を選んだ。それぐらいだろうか、大学に求めたものは。

だから、大学のどの講義もぼくには退屈で、無意味で、時間の無駄に思える。

でも欠席することはない。

昔からの癖《くせ》のようなもので、出席だけはきちんとする。ノートも綺麗に全部とる。

お喋りしたり、スマートフォンをいじったりして授業をきちんと聞かない生徒は、大体後ろの席に陣取る。

だからぼくは、隣に誰もいない前のほうの席をいつも選んで座っている。

真面目に授業を聞き、ノートをとるぼくのことは、後ろにいる不真面目な学生たちの目に当然留まることになる。

だからいつも、試験前になると、

「ノート、コピーさせてくれない？」

と彼らから頼まれる。

たいてい数人でやってくるのだが、彼らだけでなく、おそらくぼくが知らない他の学生たちの間でもぼくのノートはコピーされていることだろう。

高校までと違って、彼らの顔と名前が一致していて毎日教室で顔を合わせるわけではないから、ノートごと貸してしまえば、いつ帰ってくるかわかったものではない。

試験前に、一生懸命《いっしょうけんめい》とった自分のノートが紛失するという悪夢だけは防がなくてはならなかった。

だから、ぼくのノートをコピーさせてくれと、大学に入ってから初めて頼まれた時、ぼくはコピー機まで彼らについていって、終わるとすぐにノートを返してもらった。

コピーしている間、彼らは特にぼくに礼を言うでもなく、気を使って話しかけてくるでもなく、自分たちの内輪の会話で盛り上がって完全にぼくを無視していた。まったく一言も話しかけずに。

そういう扱いをしてもいい人間、と彼らに判断を下されたのだろう。

これまでだってずっとそうだったから、特別腹は立たなかった。ただ、ぼくにとってはなんの得もなく、無意味で、気まずく、時間の無駄だった。

きっとこの様子を目にした学生たちには、ぼくはばかみたいに見えたことだろう。

加えて、彼らは急ぎもせずに、仲間たちとのお喋りに夢中で、だらだらと時間を気にせずにコピーした。

すぐそばで、彼らのコピーが終わるのをじっと待っているぼくのことなんて、微塵《みじん》も気にかけていない様子だ。

腹は立たなくても、さすがにうんざりした。

こんなことはもうたくさんだ。

そう思ったぼくは、次の試験前には、試験範囲のノートのコピーを事前に自分でコピーして、クリップでまとめて用意しておいた。

そして、（おそらく）前と同じ学生たちが、

「ノート、コピーさせてくんない？」

と当然の権利みたいな顔つきで、へらへら笑いながら言ってくると、用意しておいたノートのコピーの束をリュックサックから取り出した。

「あなたのお名前を訊いてもいいですか？」

ぼくはノートをコピーさせてくれと言った男子学生に訊ねる。

「え？　あ……タガワだけど」

その男子学生は、ぼくの手に握られているコピーの束に目を奪われながらぼそっと答えた。

タガワ。

「下の名前もいいですか？」

「ヨウジ。タガワヨウジ」

タガワヨウジ。

頭の中で繰り返す。

「これがノートのコピーです。返さなくていいですから、これを皆さんでコピーしてください」

彼のすぐ後ろでスマートフォン片手にお喋りしている男女たちをちらっと見ながら言うと、タガワヨウジは頷いた。

「あんがと。用意いいね。助かる」

彼はコピーの束を手にすると、もうぼくに用はないというように、さよならも言わずにさっさと連れの友達と立ち去った。

自分の名前を訊かれたら、普通はなぜ名前を訊かれたのか気になるだろう。でも、彼は理由を訊ねることなく、簡単に名前を教えてくれた。そしてぼくの名前は訊ねなかった。

とにかくノートが手に入ればそれでいいわけだ。

それに、別に名前なんてぼくに知られてもなんの害もないと、一瞬で判断したに違いない。

ぼくは彼らがいなくなると、メモ帳に、

『ノートのコピー→フランス文学のタガワヨウジ』

と書いた。

フランス文学の講義で一緒のタガワヨウジにノートのコピーを渡したことが、これでいつでも確認できる。

その翌週のフランス文学の授業が終わると、今度は別の学生がぼくのところに来て、

「あのあのー、よかったら、ノート貸してくれませんかぁ?」

と言ってきた。

声の主はえらく短いスカートを穿《は》いた髪の長い女子学生だった。

ぼくはさっと講義室の後ろのほうを見まわして、ある場所を指差した。

そこにはタガワヨウジとその仲間たちがいた。

「あそこに、タガワヨウジという人がいるんで、その人からノートのコピーを受け取ってください」

そう、ぼくはその女子学生に言った。

「え……タガ……」

「タガワ、ヨウジ。ぼくのノートをコピーしたものを彼に渡したので、説明すれば伝わると思います」

女子学生は一瞬、きょとんとした表情を浮かべた。

「……え、あぁ、そうなんですね。わ……かりました。ありがとです」

彼女は面白いものでも見るような目つきでぼくの顔をじいっと見てから、にこっと八重歯《やえば》を見せて笑った。そして、小走りでタガワヨウジたちがいる方へ行った。

すぐに立ち去ろうと思ったけれど、やっぱり気になって、彼女がタガワヨウジに話しかけるのを見守った。

彼女がタガワヨウジに話しかけて、振り返ってぼくを指差した。

タガワヨウジは目を細めて、『は？』とでも言いたげな顔をした。

ぼくも、は？　と思った。

まさか、もうぼくの顔を忘れたのか？

けれど、しばらくしてから、『ああ』というような表情をタガワヨウジは浮かべて、笑顔でべらべらと彼女と喋り始めた。

彼はちらちらと、短いスカートから伸びている彼女の足を見ていた。

和気藹々《わきあいあい》とした雰囲気の彼らを見て、ノートのコピーは無事に彼女の手に渡るだろうと判断すると、ぼくはそっと講義室をあとにした。

これら一連の出来事は、フランス文学の講義に限って起こったことではない。

ぼくがとっている講義、全部のノートをぼくはコピーしておいた。

念のためだった。でもそれで正解だった。

ノートを貸してくれと頼んでくる学生が誰もいない講義もあれば、タガワヨウジや髪の長い女子学生たちみたいにノートを借りにくる学生がいる講義もあったからだ。

ぼくが用意したノートのコピーの三分の一は無駄になった。でも残りの三分の二は役に立ったということになる。

それがいいことなのか悪いことなのか、ぼくにはよくわからない。

原本になったコピー代に、と形だけでもお金を差し出そうとする人は一人もいなかったし、それは最初から期待していなかった。勝手にぼくがノートをコピーしたわけだから。

でも全講義のノートのコピー代はちょっとした出費になった。

すごい出費というほどではないけれど、ぼくにとってはなんの意味もない出費だから、虚《むな》しさは半端じゃない。

友達でもなんでもない、授業をろくに聞かずに、試験だけいい点をとろうとしている輩《やから》たちのための出費。

虚しくならないはずがない。

「ごめん、貸せない」

本来なら、その一言ですむ話だ。

友達でもなんでもないんだから。

それに大学だから、いじめなんてものもないだろう。

でもぼくは、どんなに虚しくても、ノートを貸すという行為をやめることができない。

これまでずっと、試験前のノートの貸し借りだけで、同級生たちとつながってきたからかもしれない。

他にもノートをきちんととっている学生はいくらでもいる。

でも、そのなかから、彼らはぼくを選んで、ぼくのノートを貸して欲しいと思った。

ぼくがきちんとノートをとっている人間だと思ったから。

そして頼めば貸してくれる親切な人間だと思ったから。

そうやって、いいように思ってしまう自分がいる。

もちろん、現実はそうじゃないことはわかっている。

無欠席で、生真面目にノートをとっている人間の中で、一番ぼくがおとなしそうで、気が弱そうで、ノートを貸してくれと頼めば断らないだろう。そうやって軽く見られているからこそ、彼らはぼくを選んだのだ。

ぼくはただ、一番甘く見られているだけに過ぎない。

「ノートなんて貸す必要ないだろ」

なんて、間に割って入ってくれる友達もいない。

そういうことを、全部みんなわかっていて、ぼくにノートを借りにくる。

わかってはいるけれど、ぼくは断らない。


「あ、この前はノート、ありがとでしたぁ」

大学の学食にいる時だった。

フランス文学の講義で、ぼくにノートを借りに来た、髪の長い女の子が声をかけてきた。

今日は短いスカートではなくロングスカートを穿いている。

「……いえ」

突然話しかけられて驚いたぼくは、こもった声でぼそっとそう言って、彼女の視線を外すように体を斜めに向けた。

彼女ははきはきと元気のいい明るい声で、

「ほんと、たすかりましたよー。今度、お礼させてくださいね！」

なんてことを言ってから、くるりと踵《きびす》を返して、パン類を売っている売店のほうへ無邪気な子供みたいに駆けていった。

その日のぼくは、話しかけられる少し前まで、珍しく腹が減っていた。そういう時は売店で焼きそばパンと卵サンドと牛乳を買う。

焼きそばパンは別に好きなわけじゃない、焼きそばとパンは炭水化物同士で合わないと常々思っている。だが、腹にたまるのと、値段が安いから、空腹の時にはちょうどいい。卵サンドは卵を家ではあまり食べないので栄養面で選ぶようにしている。牛乳もそうだ。

でも、さっきの女の子がいる売店へ行くと、あとをつけてきたと誤解されそうだし、何よりもう食欲が失せていた。

お礼？

お礼ってなんだ。そんなものいらない。

昼食は胃に優しそうな、うどんにすることにした。

こういう時に頼むのは、きつねうどんだ。

大きな正方形の甘じょっぱい油揚げがのっているうどん。

値段も安いし、言うことない。

きつねうどんを注文する時、ぼくの声が小さすぎて、調理のおばさんに二度も、「え？　もう一回はっきり言って！」と怒鳴《どな》られてしまった。

これもいつものことだ。

その時、おにぎりが目に入った。

おにぎりを一個追加するべきか、一瞬迷った。

今日はこのあと、図書館のアルバイトがある。うどんだけじゃもたないかもしれない。

でも、食欲が失せてしまっていたし、また小声で注文しておばさんに怒鳴られるのが嫌だったのでやめた。

幸運にも、窓際の席が空いていて、その周囲に騒がしそうな学生たちもいなかったので、きつねうどんのどんぶりをのせたトレイを持って足早に向かった。

飲み物は水筒タイプの魔法瓶《まほうびん》に、今朝入れてきたほうじ茶がある。

時間がある時は、なるべく朝にほうじ茶を淹《い》れるようにしている。時間がない時は水道水を水筒に入れることもあるけれど。これでも倹約《けんやく》しているつもりだ。

きつねうどんは味がしなかった。

さっきの髪の長い女の子が、どこかからぼくを見ているような気がして、落ち着かなかったから。

ぼくは急いできつねうどんを食べ終えると、大学を後にし、アルバイト先の図書館に向かった。

「おつかれさまです」

呟《つぶや》くように言いながら、図書館スタッフの休憩室に入る。

テーブルの上にあるシフト表で、今日の最初の持ち場を確認した。

ぼくは時間ギリギリに持ち場に行くのが嫌だ。余裕をもって交代しないと、焦って最初からペースが狂う。

最初の持ち場は児童室だった。

ここは図書館で一番平和だ。

もちろん子供たちが走りまわったり、空気を入れたビニール人形にキックを見舞《みま》ったりして騒ぐことはあるけれど、クレーマーはいないし、貸出で行列になることもない。

その次のぼくの持ち場は視聴覚コーナーだった。

視聴覚コーナーのカウンターに向かうと星野響がいて、ドキッとした。

これから交代するのかと思ったら、既に交代したあとのようで、これからぼくと視聴覚コーナーを担当するようだった。

「おつかれさまです！」

ぼくに気づいて、元気よく挨拶する彼。

「おつかれさまです……」

自分の声がどうして彼のように、ハキハキと元気よく出てくれないのか、呪《のろ》いたくなる。

彼は返却されたＤＶＤを、盗難防止用の磁気《じき》つきの透明ボックスに手際よく入れていく。

ぼくも彼の隣に立つと、その作業に加わった。

珍しく視聴覚室には利用者が誰もいなかった。

いや、一人だけいた。

試聴コーナーでヘッドホンをしてＣＤを聴く、四十代ぐらいの女性だ。ノリノリで踊って、完全に自分の世界に入ってしまっている。

貸出袋を手にした、また別の利用者がカウンターにやってくると、すかさず星野響が、「こちらへどうぞ」と笑顔で声をかける。

年配の女性が声に誘われるようにして星野響の前に立つ。

彼女はわざわざ自分で貸出袋から一枚のＣＤを取り出すと、それを星野響に渡した。ほとんどの人が貸出袋をカウンターに置くだけなので珍しい。

「中身を確認いたしますので少々お待ちくださ い」

星野響がそう言うと、年配の女性は少し曇《くも》った表情を浮かべた。

「あのね。そのＣＤ、聴いてると、途中でぷつっぷつって時々音が途切れたの。傷でもついてるのかしらね」

星野響はＣＤを取り出すと、銀色に光る面を凝視《ぎょうし》した。

「申し訳ありませんでした。こちらでチェックしておきます」

「お願いします」

「本当に申し訳ありませんでした」

星野響が深く頭を下げると、年配の女性は表情を明るくしてころころっと笑う。

「あなたのせいじゃないから大丈夫よ。ふふ」

そう言って彼女が立ち去ってから、星野響はＣＤを指差してぼくに言った。

「研磨《けんま》してもらったほうがいいですよね」

「そうですね……確認してもらってください」

「じゃ、カウンター、少しお願いします！」

「はい」

ほんとに彼は元気だな。

それにいつも笑顔。

たぶん彼は、誰にでも自然に笑顔を向けることができて、初対面の相手でもいい人だと信じることができて、無視されるかもしれないなんて思いもしない。だから、自分から感じよく他人に話しかけることができる。

すごいよ。

全部、ぼくにはできないことだ。

「あはははははは」

そんなことを思っていると、奥の事務室から笑い声が響いてきた。

一瞬だけ。

本当は、そんなふうにスタッフが大声で笑ったりしてはいけない。

奥の事務室にはベテランの男性スタッフがいて、調子の悪いCDやDVDをチェックして、傷などがついていれば研磨して修復する。完全に壊れているものは処分して、蔵書データから削除する。

「ほしちゃん……」

そんな声が事務室から漏《も》れ聞こえてきた。

ほしちゃん。

星野響のことだろう。

もう、ほしちゃんなんて呼ばれてるんだ。

ぼくは今でもみんなから、「今川さん」か「今川君」としか呼ばれない。

しばらくして、手ぶらの星野響が笑顔で戻ってきた。

「遅くなってすみませんでした」

「いえ……」

なんの話で盛り上がってたんだろう。

「研磨すれば大丈夫みたいです」

「そうですか……」

ヘッドホンでCDを試聴している女性は、まだノリノリで踊っている。

星野響はその女性が気になるようでじっと見始めた。

見るな。

なぜか、星野響が見たら、あの女性は見られていることに気づくような気がした。

不安は的中し、女性は突然、踊りながらくるっと振り返った。

ぼくと星野響は同時にさっと手元に視線を落として、作業に没頭《ぼっとう》しているフリをする。

「もう大丈夫ですよ」

しばらくして、星野響がささやいた。

少しだけ顔をあげて、上目づかいで女性のほうを見ると、彼女は前よりもノリノリで体を動かして踊っている。見られていることを意識して余計に盛り上がっているかのように。

その時、何か聞こえた。

隣を見ると、俯いた星野響が肩を震わせるようにして笑いを噛み殺しながら、震える声で言った。

「楽しそうで、いい、ですよね」

楽しそうなのは彼女じゃなくて君だ、星野響。

彼は図書館ではやけに活《い》き活《い》きしている。

というか、本当に楽しそうだ。

桜茶を彼の家で飲んだ時のことを思い出す。

彼と連絡がとれなくて、取り乱して、ぼくの部屋のドアを叩いていた恋人のゆりさん。

あの時の彼はなんだか、隣に今いる彼と違って、弱々しくて頼りなげで……なんだろう、よくわからないけど、何かが違う。

　まるで別人のようだと思った。

　でも、人間には多面性がある。みんな、色々な顔を持っていて、相手によってその顔を使い分けている。

　星野響の場合、ぼくや図書館スタッフの前では明るくて社交的な好青年。

　じゃあ、ゆりさんの前では？

　って……そんなこと、ぼくには――

「関係ない」

　声に出てしまった。

「え？」

　涙まで流して笑いをこらえている星野響は、目尻の涙を指先で拭《ぬぐ》いながら、無垢《むく》な瞳《ひとみ》でぼくの顔を覗《のぞ》きこんだ。

3　おにぎり　たこ焼き

「おにぎり女」

　掘りごたつの隣に座っているシムラが、ミドリという女性に向かってにやつきながらささやいた。

「何それ」

ミドリが野菜スティックを齧《かじ》りながら訊ねる。

「覚えてねーの？　おにぎり事件を」

「おにぎり事件て何よ。知らないし」

「覚えてるよな？」

シムラがぼくの肩を抱いて揺さぶった。ぼくは首を横に振る。

「え、みんな覚えてねーの？」

彼は驚いたような表情を浮かべながら、一番端の席で烏龍茶《ウーロンちゃ》を飲んでいる小柄な女の子を指差した。

「伊賀《いが》むつみ」

「伊賀？　ああ、イガイガね。なんか記憶あるー」

「だろ。あの子、オリエンテーションで同じグループだったのよ」

「へえ」

シムラたちの声が聞こえたのか、伊賀むつみはちらっとこちらを見た。

黒いカーディガンにデニムパンツ。ノーメイクで髪をゴムで一つに結んでいる。地味で暗い雰囲気を漂《ただよ》わせ、ぼくと同じようにこの場から浮いている。

佐々木清香が来るんじゃないかと、ほのかな期待を胸に中学の同窓会に来てみた。

でなければ大金積まれてもこんなところには来ない。

しかし佐々木清香の姿はなかった。帰りたい。

「あの子の弁当、おにぎりだけだったんだけどさ。そのおにぎり、地面に落っことしたの。ころころって地面を転がってさあ、もちろん、おにぎりは砂まみれだよ。そんなの普通捨てるだろ?」

シムラが唾《つば》を飛ばしながらにやにやして言う。

「だねえ」

ミドリもにやっとして伊賀むつみのほうを見る。

「ところがあいつ、まわりのご飯粒、きれーに取って、食べたの。信じられる?」

「まじでぇ。ウケる」

ミドリは大げさに手を叩きながらげらげら笑った。

「貧乏だったんじゃん?」

「貧乏でもしないっしょ、普通。な、今川」

ぼくはシムラの言葉を無視して、リュックサックを掴んで腰をあげた。

「お、トイレ?」

シムラを見ずに頷いて、個室から出た。

トイレの前では、幹事のマエカワが白いワンピースの女の子と喋っていた。

ぼくは財布から四千円を取り出して彼に差し出す。

「用事があるのでもう帰ります」

マエカワはお金を受け取ると、ジャケットのポケットにしまって頷いた。

「そっか。残念だな」

「もう帰るの？　まだ始まったばっかじゃん」

白いワンピースの女の子はそう言いながら、ぼくの顔をじろじろと見つめる。

「あれ、誰だっけ、君？」

マエカワが苦笑いを浮かべて、ぽんと女の子の頭を叩いた。

「しつれーだな、君」

「だって、記憶にないんだもーん」

「今川だよな？　よくノート見せてもらったから覚えてる」

「ノート？」

ぼくのことを覚えている同級生がいるとは思わなかった。

なんだか恥ずかしい。

「今考えると、図々しいよな、おれら。迷惑だったろ？　ごめんな」

ぼくは首を横に振った。

「大学、行ってるんでしょ？」

白いワンピースの女の子がぼくに訊ねてくる。

そうして受け答えをしているうちに帰るきっかけを失い、気づくとマエカワに肩を抱かれて個室に戻っていた。

偶然だけれど、ぼくが座ったちょうど前の席に伊賀むつみがいた。

伊賀むつみは黙々《もくもく》と料理を食べていた。彼女の周囲の人たちは、それぞれお喋りで盛り上がっている。彼女には喋る相手がいないので、食べるか飲むかするしかないのだろう。せつない。

自分を見ているようで余計に気が滅入《めい》る。

参加費も払い終わったんだし、やはり帰ろう。

「今川、飲んでる？　飲み放題コースなんだから、飲まなきゃ損だよ。飲めないわけじゃないんだろ？」

思った矢先に隣に座っているマエカワが差し出したメニューを受け取ってしまい、また帰りそこなう。

しかたない。酒でも飲んで、少しは元をとってから帰るか。

おいしくもない酒を飲んでいるうちに、頭がぼうっとしてきて、そのうち少しだけ気持ちよくなってきた。


すごいね、いける口だね、とマエカワにおだてられた記憶はある。

伊賀むつみにじっと見つめられたような記憶もある。

佐々木清香の話をしてしまったような記憶もある。

でも、具体的に、何がそのあと起こったのかは、翌朝、自分の部屋の床で起きた時、なんにも覚えていなかった。

ただ、頭痛と軽い吐き気、そしてだるさを感じた。体の痛みも。

唸《うな》りながら起き上がり、水を飲んでからベッドに倒れこんだ。

何か硬い物が頭の下に当たっている。

手に取って見てみると、キャラメルだった。

包み紙をとって口に入れて、ぼうっと天井を見つめていると、スマートフォンが鳴り始めた。

知らない番号が表示されている。普段なら用心して出ないのだが二日酔いのせいか、うっかり出てしまった。

「……もしもし」

『あ、もしもし。伊賀です』

「伊賀？」

『はい。伊賀むつみです』

おにぎり女。

なんで、彼女がぼくの番号を知ってるんだ？

「……あの、なんですか？」

『え？』

え、ってこっちのセリフだ。

『あの、明日連絡くれって……今川さんに昨日、言われたんですけど……』

「ぼ、ぼくが？」

『あ……そうですよね、昨夜はかなり酔ってましたもんね、今川さん。覚えて……ないんですね』

「……すみません。なんか、記憶がほとんどなくて」

『ああ……そうなんですか』

沈黙。

「あの……なんでぼくは伊賀さんに、連絡して欲しいと頼んだんでしょうか？」

『佐々木清香さんのことで、です』

「……」

『昨夜、今川さん、怒ってました。すごく』

「怒った？　ぼくが？」

『はい。みんなが佐々木さんのこと、悪く言ってたから……』

みんなが彼女のことを悪く言ってた？　なぜ？

頭がずきんと痛んだ。

白いワンピースの女の子が、スマートフォンで佐々木清香の写真をみんなに見せた。

ＳＮＳに投稿されているという、彼女の現在の写真。

長い黒髪に白い肌、伏し目がちなまなざし。白いシャツにチェック柄の短いタイトスカート。

「愛人」

白いワンピースの女の子がそう言った。

佐々木清香のことを、愛人、と。

……思い出した。

彼女が父親のような年齢の妻子持ちの男と付き合っていて、マンションと生活費をもらって暮らしている。愛人なのだ、と。

嘘《うそ》だ、とぼくはグラスを手で払った。彼女がそんなことするはずがない。

呆気《あっけ》にとられたみんなの顔。

「でもほんとだよ。彼女がそう言ったんだもん」

白いワンピースの女の子のその言葉に店から飛び出したぼくを追ってきたのが、伊賀むつみだった。

「待ってください、佐々木さんは愛人なんかじゃないです」

愛人じゃない？　当たり前だ。

「本当の佐々木さんのこと、知りたいですか？」

めまいがして膝をついた。彼女の話をもっと聞きたかったけれど、頭がぐらぐらして無理だった。

それでスマートフォンを取り出して、明日、連絡をしてくれと頼んだんだった。そうだった。

「思い出しました……少しだけ」

『そうですか。わたし、今日はこれから大学の授業があるんです。そのあと夜遅くまでアルバイトなんで……明日の夜は空いてますか？』

「ああ……はい」

『じゃあ、明日、会って話しませんか？』

「……はい」

『じゃあ……明日。失礼します』

電話を切ったぼくは目を閉じた。

そして佐々木清香のことを考えながら再び眠りに落ちていった。

写真の彼女と、愛人という言葉、本当の佐々木さんという言葉が頭のなかをぐるぐる回っていた。


夕方に目覚め、仕事に行った。

体はだるいままだった。

「大丈夫ですか？　顔色が悪いですけど」

一緒にカウンターに入った星野響が、利用客が途絶えた時に話しかけてきた。

「大丈夫です」

ふと、彼とのお花見を思い出した。

葉桜を、彼とゆりさんとぼくの三人で見た。彼女が作ったハンバーガーを食べながら。手作りのハンバーガーは初めてだった。表面をかりっと焼いたジューシーなハンバーグと厚切りのトマト、チーズ、そしてたっぷりレタスが入っていて、とてもおいしかった。
「あの」

彼が人懐こい目つきでぼくをじっと見つめた。

「はい？」

「ゆりが、たこ焼きパーティをしたいらしいんです」

俗に言う『たこパ』というやつか。

「今川さんと三人で」

ちょうどその時ベビーカーを押した女性がやってきて、大量の絵本をカウンターに置いた。ぼくが中身をチェックし、彼がバーコードで貸出処理をする。

女性は絵本を入れたバッグをベビーカーにひっかけると、ゆっくり出口に向かった。その後ろ姿を星野響はじっと見つめていた。

「なんでぼくを誘ってくれるんですか……」

ぼくが呟くように訊ねると、彼はにっこり笑った。

「今川さんと一緒だったら楽しそうだからじゃないですかね。ＯＫですか？」

「え……あぁ……」

断る理由をぱっと思いつけない。

それにまた、ゆりさんに会えるのは悪くないように思えた。

「ゆりさんて……いくつなんですか？」

ふと、思い立ってぼくは訊ねた。

「二十三歳です」

年上なんだ。

「大学生ですか？」

「いえ、働いてます。輸入雑貨のお店で」

「どこで知り合ったんですか？」

口にしてからすぐに、こういうことは仕事中に訊くべきじゃないと後悔した。しかし彼はさらりと答えてくれる。

「図書館のボランティアで知り合いました。三年前に」

「そうなんですか」

図書館、か。

図書館にはそんな出会いもあるもんなんだな。

まあ、ぼくのような人間の場合は、出会ったところで何も起こらないんだろうけれど。

ちらっと彼を見ると、珍しく椅子に深く腰掛けている。表情も暗い。体調がまだよくないのかもしれない。

視線に気づいた彼は椅子に浅く腰掛けなおし、すっと姿勢を正した。

「すみません」と彼が謝るので、「いえ」とぼくは首を横に振った。

ぼくは彼の見張り役じゃない。そんな偉いもんじゃない。

ぼくが椅子に深く座りなおして背もたれに身を預けると、彼は横目でこちらを見た。しかしもう、姿勢を崩すことはなかった。

翌日、ぼくは新宿駅のルミネに入っている雑貨屋で小さなサボテンを買った。ゆりさんが星野響に贈ったブーゲンビリアとはえらい違いだが、まあしかたない。これも同じ植物だ。ないよりはいいだろう。ミニサボテンなら場所もとらず、世話もかからなそうでぼくに向いている。

西口の改札の前で待っていると、約束の時間ぴったりに伊賀むつみは現れた。

彼女はこの前とまったく同じ、黒いカーディガンにデニムパンツという格好だった。

「こんにちは」

「どうも」

ぼくは呟くように挨拶した。

好きでもなんでもない相手ではあるけれど、女性と二人きりになるということ自体が初めてだから、どうしても緊張してしまう。

「行きましょうか」

そう言って彼女は俯いたまま歩き出した。小柄なのに歩くのが速い。無言のまま十分ぐらい歩き、ある建物の前で彼女は足を止めた。

「ここでいいですか？」

そこはカラオケボックスだった。

「ぼく、歌いませんけど……」

伊賀むつみは表情を変えずに頷いた。

「わたしも歌いません。でも、ここなら他の人を気にせずに話ができるので」

ああ。そういうことか。

部屋に入ると、伊賀むつみはソファに座り、メニューをぼくに差し出した。

「ドリンク、選んでください」

「ああ……えぇっと」

メニューを開く。炭酸はげっぷが出るし、酒はやめといたほうがいいから……

「アイスコーヒーにします」

そう言ってメニューを渡そうとすると、彼女は手を横に振った。

「わたしはオレンジジュースなので」

伊賀むつみは立ち上がって壁に取り付けられた受話器を取ると、ドリンクを注文する。

ドリンクが来るまで彼女は口を開かないでじっとしていた。ぼくも何を話していいのかわからなかったので黙っていた。

ドリンクが運ばれてくると、彼女は一口飲んで喉を湿《しめ》らせ、小さく息をつく。それから喋り始めた。

「わたし、佐々木さんと同じ高校に進学したんです。彼女、明るいし勉強もできるし綺麗だし……すぐに人気者になったんです。友達も男女問わず大勢できて……わたしとは大違いで……

えっと……つまり彼女は高校生活を楽しんでました。一学期までは」

　意味深な言葉を口にして、彼女は一瞬言いよどんだ。

「でも、夏休みがあけたら、なんだか様子がおかしくて……噂《うわさ》ではお父さんが会社のお金を横《おう》領《りょう》して逮捕《たいほ》されたとかで……本当かはわからないんですけど」

「え」

　彼女の父親が横領？　逮捕？

　あまりのことに呆然《ぼうぜん》とした。

「そのあと、しばらくして彼女の苗字《みょうじ》が変わりました。離婚したみたいで」

　離婚。

　色々な不幸が一度に佐々木清香の身に起こったということが信じられない。でも陰鬱《いんうつ》な表情の伊賀むつみが嘘をついているとも思えない。

「だから、今は佐々木さんじゃないんです。彼女の新しい苗字をわたしの口から勝手に教えるのもなんですし……これからは彼女のことを下の名前で呼びますね」

　伊賀むつみは少しだけオレンジジュースを飲んで、息をそっとついた。

「清香さん、学校にあまり来なくなって……噂では母親が体を壊したので看病してるとか、経済的な理由でアルバイトしてるとか……それで、二学期の途中で彼女、高校を退学したんです」

　高校を辞めた。あの佐々木……いや、清香さんが。

「わたし……いつも一人ぼっちだったんですけど、中学、高校と、清香さんだけが時々話しかけてくれて……それで、メッセージアプリのやりとりも彼女とだけはたまにしてたんです。彼女が高校を辞めてしまってからは、こっちが連絡を送ってもぜんぜん返信がなかったんですけど……わたしが大学に合格した頃、突然連絡が来て、『元気にしてる?』って。それからまた、やりとりが始まって、久しぶりに会ったんです」

伊賀むつみが言うには、数年ぶりに会った清香さんは、とても大人っぽくなっていた。長い黒髪に、白いニット、黒いフレアスカート、薄い化粧。

事務の仕事をしている、と清香さんは伊賀むつみに言った。彼女の母親は癌《がん》で半年前に亡くなっており、父親は釈放《しゃくほう》されてから行方不明だった。

清香さんはその時、三つ離れた弟と暮らしていた。

清香さんが思ったより元気そうにしていることに、伊賀むつみは安堵《あんど》した。

しかしそれから半年程して、突然、会いたいと清香さんから伊賀むつみのもとに、深夜に電話がかかってきた。

動揺した声で、ひどく泣いているようだった。

心配した伊賀むつみが清香さんのアパートに行くと、彼女は玄関に倒れて意識を失っていた。呼んでも反応がなかったので、慌てて救急車を呼んだ。清香さんは大量の睡眠薬を飲んでいた。

病院で目覚めた清香さんは、伊賀むつみの顔を見ると、何も言わずに泣き出した。

伊賀むつみが真実を知ったのは、それから数カ月後、清香さんが少しだけ落ち着いてからだった。

――清香さんの弟が、首を吊《つ》って自殺した。

弟は父親が逮捕されたせいで、学校でいじめを受けていた。それを苦にしての自殺だった。

退院した清香さんの様子を見に行くと、彼女の部屋には中年の男性がいた。

清香さんはその男性を親戚《しんせき》のおじさんだと伊賀むつみに紹介した。銀縁の眼鏡をかけてひげをはやした、清潔感のある、お洒落な男性だった。感じがよく、優しそうで、清香さんのことをとても気にかけているようだった。

その男性は彼女が働いている職場の社長であり、恋人であるということは、ずっとあとで教えられたそうだ。

二人が知り合ったのは、清香さんが働いていたガールズバーでだった。彼女の身の上話を聞いて同情した男性が、昼間の仕事を彼女に与えたのだ。

更に、それまでにたまった借金のかなりの金額を肩代わりし、生活費が足りなくなるとお金を渡した。そして精神的な支えにもなった――

「その人には奥さんはいないです。もちろん子供も。独身なので、清香さんは愛人ではないんです。ただの恋人なんです」

アイスコーヒーの氷が溶けて、表面が透明になっている。ぼくはストローで軽くかきまぜた。

「ショックですか？」

ぼくが黙っていると、伊賀むつみは俯いた。

「すみません……ただ、あの時、あんなに怒ってたから……今川さんは清香さんのこと……」

ぼくは彼女の言葉をさえぎった。

「あの、彼女、今は、元気にしてるんですか?」

「……どうでしょう」

「どうでしょうって……どうなんです」

思わず語気が強くなる。

自分の感情を抑えるように、一度、深呼吸をした。

「わかりません。時々、彼女のことがわからなくなるんです」

わからなくなる?

「それって、どういう……」

「他にも男性がいるみたいなんです」

「え?」

頭の中が真っ白になった。

二股《ふたまた》、ということか。

あの彼女が。

そんな。

「二人の男性と付き合ってるようなんです。もう一人は同世代みたいです」

清香さんが誰と付き合おうと、それは彼女の自由だ。

「でも、今の彼女は、本当の彼女ではないと思います」

そう、伊賀むつみは言ったけれど、そんなの誰にもわからない。たぶん清香さん自身も。

ぼくは上着のポケットからキャラメルを取り出して、テーブルの上に転がした。

伊賀むつみはそれを見て何か言いかけたけれど、ぼくの顔を見ると口を閉じた。

「今日はわざわざすみませんでした」

そう言いながら腰をあげたぼくを見上げた伊賀むつみの目は、水底の小石のように静かだった。

「今度、彼女とご飯を食べます。築地《つきじ》に行こうって話してて」

「そうですか」

「築地、行ったことありますか?」

「いえ、ないです」

「よかったら、一緒に行きませんか?」

そう言いながら、伊賀むつみも腰をあげた。

「今はそんな気になれないでしょうけど……気が変わったら、連絡ください」

アイスコーヒーには手をつけずに店を出て、伊賀むつみと別れたぼくは、駅前の自動販売機で水を買って、口から溢《あふ》れさせながら一気に飲んだ。

いくら飲んでも、水はとどまる場所を知らないかのように、苦しい渇《かわ》きはおさまらなかった。

翌日、ゆりさんがたこ焼き器を抱えて、ぼくの部屋のドアをノックした。

その後ろには買い物袋をぶらさげた星野響がはにかみながら立っている。

「たこ焼きパーティ、しーましょ」

そう言って無邪気に笑うゆりさんを、呆然と見ていることしかできないぼく。

二人はそんなぼくを、はいはい、と脇《わき》に追いやると、勝手に部屋に入ってきた。

「本当にするんですか？」

ぼくはようやく慌てて二人に訊ねた。

「嘘に見えます？」

そう言ってたこ焼き器をテーブルに置いた彼女は本棚の前に立っている。

「いたっ」

本棚に飾ってあるミニサボテンから指をはねさせたゆりさんは、隣のキャラメルをもう片方の手でつまんだ。包みをはがされて彼女の舌の上にのっかったキャラメルは今までで一番幸せそうに見えた。

「お皿とお箸《はし》、持ってきましたから。ていうか、全部持ってきました」

にこにこ顔でそう言う星野響に戸惑う。

いや、そういうことじゃなくて……唐突過ぎやしないか……

いつの間にか狭い台所で、星野響はかしゃかしゃかしゃとボウルをかきまぜている。

「烏龍茶も持ってきました。今川さんは座っててください」

言われるまでもなく座っていた。目の前でゆりさんもにこにこしながら座っている。顔が赤らむのを感じた。俯いた瞬間、何かの香りが爆発した。

顔をあげると、ゆりさんが空中に向かってシュッとスプレーを噴射していた。

「ルームフレッシュナー。手作りです」

彼女はそう言って、ぼくに小さな透明の容器のスプレーを差し出す。サテンの黄色いリボンが結んである。

「なんの香りなんですか？」

「好きですか？　この香り」

ゆりさんは目をきらきらさせて小首を傾げる。

「はい」

「ジャスミンです。わたし、アロマが好きでいろいろ作ってるんです。石鹸《せっけん》とかバスソルトも」

「へえ」

あ。

そういえば、この香りは初めて彼女に会った時に嗅いだ香りと同じだ。やっぱりいい香り。

まさか自分の部屋で嗅げることになるとは、あの時思いもしなかった。生きていると不思議なことが起こるもんだ。

「さあ、焼きますか」

星野響がボウルと皿を持ってやってきた。たこやその他の具材は皿にいろいろ並べてある。

「自由にやりましょ」

ゆりさんは人差し指を立てて、神妙《しんみょう》な顔つきでぼくらを見た。

「たこ焼きに縛《しば》りはありません」

「ないんです」

星野響も人差し指を立てる。

どうすればいいかわからず、ただぼーっと彼らを見ていると、ジャーッという音がした。ゆりさんがおたまでタネをたこ焼き器に流し入れていた。

「今川さん、たこ焼き作ったことあります？」

「ないです」

「じゃあ、見ててください。わたしの次は今川さんですからね」

「……え」

そう言って、ゆりさんは器用にたこ焼きを作っていった。

まず最初に薄茶色の液体、たこ焼きのタネをたこ焼き器のずらりと綺麗に並んだ半円形の型に注いでいく。

少し待ってからぶつ切りにしたたこを可愛い指先で一個ずつ型に入れていく。そのあと更に、細かく刻んだ紅ショウガ、天かすをのせていくと、液体が溢れ出して、じゅうじゅうと泡立ち始めた。

具材に火が通ってきて、いい匂いが部屋に充満し始める。

「この匂いがしてきたらＯＫサインです」

細長い竹串で、溢れた周囲の凝固《ぎょうこ》しかけたタネもろともまとめるようにして、型の中身を一つ一つ、くるくるとひっくり返していく。何度か繰り返すと綺麗な球形になった。

たこ焼き屋で働いていたのかと思うぐらい手慣れていていてぼくは思わず見惚《みと》れた。

綺麗な球体に焼き上がったたこ焼きをぽんぽんとぼくの皿にのせると、手早くソースとかつおぶしと青海苔《あおのり》とマヨネーズをかけてくれた。

「熱いから気をつけてくださいね」

そう言われたのに、一気に頬張《ほおば》ったら口の中を火傷《やけど》した。でも、

「……おいしい」

本当においしかった。

「でしょう?」

びっくりしたようなぼくの声に、彼女は嬉《うれ》しそうに笑った。

「天かすがポイントです。いきつけの蕎麦屋《そばや》さんでもらうんですよ」とゆりさん。

「たこ焼き器なんて千円ぐらいだから、一個あると便利ですよ」と星野響。

そうなのか。

「たこ焼きの粉なんて百円ショップで売ってるんです」

へえ。

「たこは大きく切ったほうが贅沢《ぜいたく》な感じがでます。あと紅ショウガを多めに入れるとぴりっとしてパンチが効いた味になりますよ」

チーズ、キムチ、ウインナー入りのたこ焼きも作った。たまたま星野響の冷蔵庫の中にあった

そうだ。

　ぼくが作ったたこ焼きはひどい形をしていたけれど、二人は「独創的《どくそうてき》」と評してぱくぱく食べてくれた。

「……無理しなくていいですよ」

　ぼくは何をやってもうまくできない。

「無理なんてしてませんよ。だって本当においしいですから。それに貴重です。今川さんが生まれて初めて作ったたこ焼きですよ？」

　ゆりさんはにいと笑い、たこ焼きをいっぺんに二つも口に入れるとリスのように両頬《りょうほほ》を膨《ふく》らませた。

「そうですそうです」

　言いながら、星野響も彼女のマネをして二つのたこ焼きを頬張ってリスになった。

　流れからして、ぼくも二つのたこ焼きを口の中に押し込まずにはいられず、でもやってみた結果は散々、ひどく熱くて全部ぶはっと吐き出してしまった。

　すると二人も吹き出して、テーブルの上はひどいありさまになって、それでも二人は気にせずに楽しそうに笑うので、ぼくもしまいには考えるのをやめて、少しだけ笑ってみた。

4　マグロのあご　アイスクリーム

ショートヘアが意外だった。

細く長い白い首筋に、青い血管が透けて見える。昔に比べて痩《や》せた。そのせいか、整った目鼻立ちがよりはっきりして見える。目はネコ科の動物のようにすこし吊り上がっていて大きく、挑むように人を見る。それにぞくっとする。

地下鉄駅の出口を上がってきたぼくを見ても表情に変化はなく、清香さんの視線は雲のない空に向けられた。

「こんにちは。晴れてよかったですね」

伊賀むつみも空を見上げる。

彼女は黒地に白のドット柄のカットソーにまたデニムパンツ。

清香さんは白シャツに緑色のカーディガン、ベージュのチノパン。

「じゃ、行きましょうか」

伊賀むつみがそう言うと清香さんは耳の裏をかいた。細い鎖《くさり》のピアスが揺れる。

ピアスと清香さんのイメージがなかなか重ならない。

でも間違いなく目の前の彼女は昔の清香さんの面影《おもかげ》を宿している。そしてぼくらは会ってからまだ一言も言葉を交わしていない。

築地の場外市場をしばらく歩いて、地下にのびた階段をおりたところにある小さな店に入った。

まだ他に客はいなかった。十一時開店ちょうどぐらいに入ったからだろう。

テーブルに通されてお茶が運ばれてくると、メニューを見る前に伊賀むつみは壁の貼り紙を指差した。

そこには『生シラス丼《どん》』と書かれていた。

「この生シラス丼が食べたかったんです。江の島まで行くのは大変だし、都内で食べられるところがないかなってネットで探したらここ見つけて……わたし、これにします」

「じゃあ、わたしも」と清香さん。

昔よりちょっと声が低くなった気がする。

「じゃあ……ぼくも」

女性の店員がやって来て、注文を訊いた。

「生シラス丼を三つお願いします」

笑顔の伊賀むつみが元気よく注文をすると、申し訳なさそうな表情で女性店員が口を開く。

「すみません。今日は生シラスが入荷しなかったんです」

その言葉に伊賀むつみは固まり、ぼくはメニューに視線を落とした。

「マグロのあごを煮た定食がおすすめです。珍しいですし、おいしいですよ」

そう女性店員がすすめる。

「マグロのあご、ですか」

伊賀むつみがぼくらを見た。

「じゃあ、それで」

清香さんは言ってお茶をすすった。

「……わたしも」

伊賀むつみが小さい声で言う。

「ぼくも、それで」

伊賀むつみはおしぼりで手を拭き、それから額に浮かんだ汗を拭った。ぼくも汗をかいていた。

清香さんだけが涼しい顔でポケットから取り出したスマートフォンをいじっていた。

「生シラス、残念」

伊賀むつみは笑おうとして、うまく笑えていなかった。

「そうだね」

清香さんは指先を動かしながら小さく頷いた。

「あ……清香」

「ん？」

「今川さんの顔、覚えてた？」

清香さんは顔もあげずに首を横に振る。

「覚えてない」

「そっか……けっこうたつもんね……今川さんは？」

伊賀むつみはキューピッドにでもなるつもりなんだろうか。

ぼくもぼくだ。

淡い期待なんかしてのこのこやってきてしまった。

清香さんはぼくが覚えている彼女とは別人のようだし、彼女がまったくぼくに興味がないことも会った瞬間にわかった。おまけにぼくのことを覚えていない。

つまりキャラメルをくれたことも当然忘れているわけで、もしそのことを話せば、「きもい」と引かれるに違いない。

今この瞬間もぼくの本棚にキャラメルが飾られていることを知ったら、二人はどんな顔をするだろう。

「なんとなく」

ささやくような声でぼくは答えた。

清香さんがくすっと笑った。

ぼくの言葉に笑ったのかと思ったけれど、彼女の微笑みはスマートフォンの画面に注がれている。彼女の指先が不規則なリズムを刻む。誰かとやりとりをしてるんだろうか。

年上の恋人？　同世代の彼氏？　それとも別の誰か？

ぼくの知らない、彼女の世界。ぼくはその外側にいる。

「図書館で働いてるの？」

清香さんが突然ちらっと視線をよこして口を開いたので、ぼくの体はびくっとした。

「はい」

「本、好きなんだ?」

「……好きです」

「司書になるの?」

「いや……」

「ならないんだ」

声のトーンがわずかに落ち、彼女の視線もスマートフォンにまた落ちた。

「なら、なんになるの? 大学出たら」

「……まだ、考えてませんけど」

「ふうん。余裕だね」

「……本が好きなんで、本に関わる仕事ができたらいいなとは思ってます」

「へえ」

清香さんは親指で伊賀むつみをさした。

「彼女が何になりたいか、知ってる?」

「いえ……」

伊賀むつみを見ると、おしぼりでまた額の汗を拭いている。そのおしぼりを口元に持っていくと、「えっと、わたしは、栄養士になりたいんです」と彼女は言った。

「そうなんですか」

「はい。食べ物に、小さい頃から興味があって」

おにぎり女、と同窓会で呼ばれていたことを思い出した。

「おにぎり」

ぼくの呟きに反応したのは清香さんのほうだった。彼女は怖い目でぼくを睨《にら》んだ。

「おにぎりが何?」

ははは、と伊賀むつみがわざとらしい笑い声をあげた。

「ああ、おにぎり事件、覚えてました?」

清香さんはまだぼくを睨みつけている。その強いまなざしは昔の彼女を思い起こさせた。

「わたし、落としたおにぎりを食べてみんなに白い目で見られたんですよね。はは」

「みんなバカだから、気にしないでいいよ、むつみ」

そのバカの中にはぼくも含まれている。でも腹は立たなかった。

「うち、父子家庭だったんです。母親はわたしが三つの時に家を出てそれっきりで。それで、父親の手で育てられたんですよね。父親、不器用で、料理もあんまり上手じゃなくて……でも、おにぎりだけはすごくおいしかったんです。それで、お弁当となると、毎回大きなおにぎりを握ってくれて……」

こんなに大きいの、と丸めた両手を合わせて小ぶりのメロンほどの大きさを作ってみせた。

「包んでいたアルミホイルの塊《かたまり》を渡すと、父親が嬉しそうに笑うんですよね。だから、食べ残したくなかったんです。砂ぐらいついてても、わたし丈夫なんでおなか壊さないですしね。ははは」

清香さんは眉間《みけん》に皺《しわ》を寄せたままスマートフォンをいじり始めた。

そしてその皺は、マグロのあご煮定食が運ばれてきても消えなかった。

「わー、すごい量」

マグロのあごは想像以上に大きかった。数は少ないけれど刺身の盛り合わせもついている。

「いただきます」

「……ます」

伊賀むつみの元気な声とは対照的に、清香さんは険《けわ》しい表情のまま箸を持った。

あご煮は薄めの味つけだった。これならこの量でも食べきれそうだ。

「おいしい。どう？　清香」

明るい声で伊賀むつみが清香さんに訊ねる。

「……うん、おいしい」

「今川さんは？」

「うまいです」

「今度、生シラス丼も食べに来たいですね」

清香さんは無言のままあごの肉を箸でほぐし、ぼくはホタテの刺身を醤油《しょうゆ》につけた。ホタテはやわらかくてとても甘かった。

食べ終わると、清香さんは伊賀むつみに手を合わせた。

「ごめん。このあと用事できた」

「あ……そっか。うん、わかった」

「じゃあまたね」

彼女は財布《さいふ》からお金を出して領収書の上に置いた。そしてぼくには何も言わず、顔も見ずに店から出て行った。

「おいしかったですね」

伊賀むつみはまたおしぼりで額の汗を拭いた。熱でもあるんだろうか。さすがに心配になる。

「このあと、どうしますか?」

「ぼくも用事があるので」

「そうですか」

用事などない。ただ、一人になって、いろいろ考えたかった。それに、伊賀むつみは早く家に帰ってシャワーを浴びたほうがよさそうだ。

家についてもおなかはぱんぱんで、その夜は夕食も食べる気にならないほどだった。

ベッドに寝転んでテレビを見ているとゆりさんからメッセージがきた。たこ焼きパーティをして以来、時々彼女からメッセージがくる。

二人でのやりとりではなく、星野響と三人でのグループトークだ。

最初は戸惑ったが、今は慣れた。

ゆり　　：何してるの？
今川広夢：テレビ見てます
星野響　：こんばんは
今川広夢：こんばんは
ゆり　　：今、わたしはどこにいるでしょう？
今川広夢：となりでしょ
ゆり　　：どうしてわかったの？　わたしの声聞こえた？
今川広夢：聞こえませんよ。テレビつけてるので
ゆり　　：こっちに来て、ここでテレビを見たら？
星野響　：ご飯食べました？　今、カップラーメン食べてます
ゆり　　：すごくおいしいよ。今川さんの夕飯は？
今川広夢：食べてないです。お昼に食べすぎたので
ゆり　　：何食べたの？
今川広夢：これから、そっちに行って話します

大体、こんなふうな流れで隣に行く。

そしてボードゲームやトランプをしたり、お菓子をつまんだり、料理を作って食べたりする。

「いらっしゃい」

出迎えた星野響の向こう側でゆりさんが麺《めん》をすすっていた。

「お邪魔します」

「何飲みます？」

「おかまいなく」

「かまいますよ。お茶でいいですか？」

彼は玄米茶《げんまいちゃ》が好きらしく、お茶というと玄米茶が出てくる。ゆりさんはティッシュペーパーで口を拭くと、にいと笑った。歯の間にネギが挟まっている。

「で、何を食べたの？」

ゆりさんが興味津々《きょうみしんしん》といった表情で訊ねてくる。

「ああ……あごです」

「あご？」

「マグロのあご」

「それっておいしいの？」

「おいしかったですよ」

「誰と食べたの？」

「友達と」

「それって女の子でしょ」

「え」

ぼくが驚いてうまく返せないでいると、ゆりさんは玄米茶を運んできた星野響の腕をぱんと叩いた。

「今川さん、デートしたみたい」

「え、そうなんですか?」

星野響は驚きの表情を浮かべた。何もそんなに驚かなくてもいいじゃないか。

そんなにモテないと思ってるのか。まあ、実際モテないわけだけど、なんだかモヤモヤする。

「じゃないです。違いますから」

「でも女の子とマグロのあご、食べたんでしょ?」

ゆりさんは追及の手をゆるめない。

「違います。男とです」

「ふうん」

彼女は全然信じてないみたいだ。

勘が鋭いのは女性だからか、それともゆりさんだからか……わからない。

話を変えねば。

「築地に行ったんですけど、お二人は、行ったことありますか?」

「あるよ。お寿司大好きだから」

ゆりさんはすぐ答えるが「最近は行ってないけど」と続ける。

なぜかそれきり二人は黙り込んでしまった。ずるずると麺をすする音だけが室内に響く。

時々だけれど、彼らの間に妙な空気が流れることがある。言葉にはしない何かが、できない何かが漂って、沈黙を、間を生むことがある。

でもそれが、恋人同士にはありがちなことなのか、それとも違う何かであるのか、ぼくにはわからない。

箸を置いたゆりさんは、ティッシュペーパーで口を押さえた。

「アイス食べたいな。響、買ってきてくれる？　ハーゲンダッツの抹茶味《まっちゃあじ》のやつ」

確かに今日は暑い。もうすぐ夏が来ると感じさせる。

星野響はスープを飲み続けた。

「聞いてる？　抹茶のアイスが食べたいな」

彼は黙って腰をあげると、箸とカップラーメンのカップを流しに片付けに行った。その背中をゆりさんの言葉が追いかける。

「おーい。響君」

「アイスは体を冷やすよ」

「冷やしたいの。暑いんだもん」

それならこうすればいいとでもいうように、涼しい顔で星野響は窓を開けた。

生温《なまぬる》い風が部屋に滑り込んできて、カーテンがふわっと膨らんだ。その裾《すそ》をゆりさんが握りしめて軽く引っ張る。その顔はなぜか深刻に見える。

「自分で買ってくれば」

「うん。買ってくる」

ゆりさんはそう言うが、外はもう暗い。ぼくは立ち上がった。

「ぼくが買ってきますよ」

でも、ゆりさんも立ち上がった。

「行こう、今川さん。こんな人は放っておいて」

「ゆりさんはここにいてください」

「ううん、一緒に行く」

星野響は無表情でテレビをつけ、片膝を抱えて座り込んだ。どこか不機嫌そうだ。

ゆりさんはぼくの腕を掴んだ。

「行こう」

腕を掴まないでほしい。ドキドキしてしまうから。

部屋を出たあとも彼女はぼくの腕を掴んだままで、どう反応したらいいのかわからず、困った。

しばらくして、ゆりさんの手が冷たいことに気づいた。ぼくの体が熱すぎるのだろうか。

「彼、何か嫌なことでもあったんですかね」

ゆりさんは手をそっと放した。空には星が片手で集められるほどしか瞬《またた》いていない。

「さあ。変だよね」

ぼくの言葉に、珍しく平板《へいばん》な声でそう言う。

「そうですね」

「響はわかってない。わたしの気持ちが」

なんだか今日の二人は虫の居所でも悪いようだ。

「ごめん。今の、聞かなかったことにしてね」

「ああ、もちろん。忘れます」

そう言うと、やっと彼女は笑顔を見せた。

「ありがと」

コンビニエンスストアのレジにハーゲンダッツを二つ置きながら、ぼくたち、カップルに見られてるんじゃないかと周囲をきょろきょろしてしまった。ゆりさんも何かあるのかときょろきょろした。

店を出ると近くの公園に寄った。ベンチに座り、二人でアイスを食べた。

「長い夏休みが始まるね」

少しずつアイスを食べながら、ゆりさんが小さな声で言った。風が少し強くなって、椿《つばき》の木々を揺らしている。

「夏休みの予定はあるの？　旅行とか、家に帰るとか」

「いや、何もないです。バイトします」

「どこにも行かないんだ？」

「はい」

「じゃあ……三人で、どっか、行かない？」

「え、どっかって……」

「旅行とかじゃなくて……そうだなあ、花火大会とか」

「ああ、いいですね」

ゆりさんはアイスを膝の上に置いてぼうっと空を見上げた。

「ゆりさんは、学生の頃、長い休みには旅行に出かけたりしたんですか？」

「うん。旅は好きだったから、いろいろ行ったよ。ヨーロッパ、北欧、アメリカ、アジア、国内もいろいろ。飛びまわってた」

「じゃあ、今年のお盆休みにもどこかへ行くんですか？　星野さんと」

「ううん。行かない」

彼女はアイスのカップに蓋《ふた》をして、腰をあげた。

「わたし、このまま家に帰るね」

「え……でも、荷物」

「預かっておいてもらう。おやすみ、今川さん」

見えないバリアを張ったように硬質な笑みを浮かべた彼女は、すうっと風みたいに公園から出て行った。

食べかけのアイスをゴミ箱に捨てたぼくは、星野響の部屋に戻った。ゆりさんから連絡がいっているだろうが、ひとこと声をかけないとまずいだろう。

部屋の明かりはついていて、テレビの音も聞こえた。

「あの」

玄関で声をかけた。

「ゆりさん、帰りましたよ」

ためしにノブをまわしてみると、ドアは開いていた。星野さん？　と声をかけながらそっと開けてみる。

妙に部屋は静まり返っている。ひんやりした風が部屋を吹き抜けた。

カーテンが大きく翻《ひるがえ》って、そしてその下で彼はおなかを抱えて横になっていた。

ぼくは靴を脱いで部屋にあがり、彼の傍らに膝をついた。彼は浅い息をつきながら顔をしかめている。苦しそうだ。

「どうしました？　大丈夫ですか？」

彼は目を閉じたまま、「水をください」と言った。

グラスに水を入れて戻ってくると、彼は身を起こして、クッキーの空き缶を開けていた。そこから錠剤《じょうざい》を取り出して口に入れると、水で流し込む。そしてそのままじっとしていた。

「平気ですか？」

「平気です」

彼の顔から少しずつ、険しいものがとれていく。やがて彼はおなかをかばうようにしたまま横になった。前髪は汗でべっとりと額にはりついている。顔面蒼白《がんめんそうはく》で、表情も暗い。

「ゆりさんに連絡しましょうか」

「いえ。しないでください」

「でも……」

「しないでください。お願いですから」

はりつめたような表情は次の瞬間にはやわらいで、ぼくをなだめるような笑みに変わった。

「心配させたくないんです。もうこんな時間ですし」

スマートフォンを見ると十時を過ぎていた。確かに連絡すれば彼女は飛んで来るだろう。そしてすごく心配するだろう。

「わかりました。窓、閉めますね」

「お願いします」

窓を閉めてカーテンを引き、テレビを消した。

床に横になっている彼を見下ろしてから、星野響に訊ねる。

「ベッドに横になりますか?」

「はい」

手を貸そうとしたけれど、彼は一人でベッドに移動した。タオルケットをかぶってミノムシのように丸まった彼は目を見開き、これからやってくる魔物に備えるかのように体を固くしていた。

「もう寝ますか?」

「いえ」

「じゃあ、もう少し、ここにいていいですか？」

「はい」

「音楽、かけていいですか？」

「はい」

棚に並んでいるCDを適当に選んでかけた。陰気な男の歌声が流れてきた。メロディも陰気だ。普通に聞いたらいい曲なのかもしれないけれど、その時はすべてが陰気に聴こえた。音を消してもその陰気さは部屋の中に残っていた。

「今日、本当は女の子とマグロのあごを食べたんです」

星野響が瞬《まばた》きをした。彼はぼくをじっと見つめている。

「その子は中学生の時の同級生で……」

それからぼくは、清香さんと伊賀むつみの話をした。

彼が目を閉じるまで、話し続けた。

5　焼肉

「雨、雨、雨」

窓にもたれかかりながら、窓を打ち、伝う雨粒を指先でなぞっているゆりさんが呟いた。

「梅雨《つゆ》だからね」

星野響がクールに言う。

ぼくと星野響は彼の部屋でリバーシをしている。

ぼくらの強さは同じぐらいだけど、ゆりさんはひどく弱いのでまったくリバーシには興味を示さない。

彼女が本を読み出した時だけ、ぼくらはリバーシをすることにしている。

でも読み疲れたのか、彼女は本を置いてさっきから窓の外の雨を眺めている。

星野響が黒面の石を置くと、ぱたぱたぱたと白かった面が黒く覆われていく。形勢不利だ。けれど、ぼくが最初から狙《ねら》っていた隅に白面の石を置くと、白が増えていった。これでまたい い勝負に戻った。

「もう七月だっていうのに、まだ梅雨が明けないなんて。去年は空梅雨《からつゆ》ですぐに夏がやってきたのに」

ゆりさんはどうやら、早く夏がきて欲しいらしい。

「明けない梅雨はないよ」

星野響がうまいことを言ったという顔つきで、別の隅に黒面の石を置く。

黒がまた広がっていく。

ぼくは残っていた最後の隅に白面の石を置く。これで勝負はわからなくなった。

ぼくは静かになった窓の外をうかがう。

カチリ、と音がした。

振り返ると、リバーシ盤の上は黒が明らかに多くを占領していた。

でも星野響はただにやっとしただけで、じゃらっと盤上《ばんじょう》の石を手で払って正確に勝敗を確かめずに終わりにしてしまった。

ゆりさんが声をあげた。

「わー、雨、あがったよ」

よいしょ、と床に手をついて腰をあげた星野響は窓のほうへ歩いていって、ゆりさんの後ろから手を伸ばして窓を開けた。

「ほんとだ。晴れてる」

窓を開けた彼の手はそのまま自然にゆりさんの肩を抱く。

ぼくはリバーシの石を片付けるフリをして視線をそらした。

「よし。今川さん、この晴れ間を無駄にせず、買い出しに行きましょう。今日の我々の夕飯を急ぎ決めるのです。何食べたいですか?」

ゆりさんがそう言って、ぐっと握った拳《こぶし》を頬のあたりにあげた。

「……急に言われても」

二人もこっちに来て、リバーシの石を片付けるのを手伝ってくれる。

「なんかおいしいものがいいなー。テンションがあがるもの」

とゆりさん。

「じゃ、焼肉かな」

と星野響。

「いいね！　今川さんも焼肉でいい？」

「あ、はい」

「きーまり」

ゆりさんの言葉に、星野響はリバーシを置き場所に片付けてから言った。

「それじゃ、また降りださないうちにスーパーへ行きますか」

三人で部屋から出ると、雲間から真っ青な青空が久しぶりに顔を出していて、思わずゆりさんは歓声をあげた。

「すごーい、綺麗」

雨に洗われた空は、確かに澄み切ったように綺麗だ。

空ばかり見上げて歩くゆりさんを気遣うように、さりげなく星野響が彼女の腕を掴む。

「じめじめしてて蒸し暑いね」

「そりゃ雨のあとだから湿気がね」

ゆりさんにそう返事する星野響は汗一つかいておらず涼しげな表情だ。

ぼくは既に額にびっしょり汗をかいている。

それを見たゆりさんが、花の刺繍《ししゅう》がほどこされた薄ピンク色の綺麗なハンカチをぼくに差し出した。

「汗すごいよ。使って」

「いえ、大丈夫です。汚しちゃうんで」

「そんなこと気にしないで」

ゆりさんはおかしそうにころころ笑った。

「でも、本当に大丈夫なんで」

ぼくはぐいっと手の甲で額の汗を拭ってTシャツになすりつけた。

ゆりさんはそんなぼくを見て微笑む。

「今川さんはいい人だね」

「そんな。ぼくなんてつまんない奴ですよ」

ぼくがそう返すと、彼女は心底驚いたような表情を浮かべた。

「だめだよ、今川さん。そんなふうに自分のことを言っちゃ。言霊《ことだま》って知ってるでしょ？　言葉にすると本当になっちゃうよ」

「今川さんは謙遜《けんそん》してるだけだよ」

星野響が静かな声音《こわね》で言った。

「今川さんみたいに、誰も見ていないところでも手を抜かずにきちんと仕事をする人、ぼくは今までに会ったことがない。もう辞めたバイトの人で、仕事中にしょっちゅうスマホをいじってる中年男性がいた」

思い出したのか彼はわずかに顔をしかめた。でもすぐに穏やかな表情になる。

「でも今川さんはそういう人たちとはまったく違う。すごく暇な時でも、自分でやることを見つけてずっと仕事をしてる。誰も見てなくても、褒《ほ》められなくても、黙々とやるべきことをやってる。この人はきっと、自分のなかにしっかりとした信条のようなものがあって、何事にも向き合って生きているんだなって、ぼくは思った」

彼が突然そんなことを言ったのでぼくは驚いてしまった。

星野響の頬は少しずつ紅潮《こうちょう》していき、彼は何度も髪を手ですいた。

彼に褒められたであろうぼくは居心地が悪くて空を見上げるしかなかった。

ゆりさんはそんなぼくたちをあたたかい目で見守っている。

スーパーマーケットに着くと、信じられないほど涼しくて生き返った心地がした。

星野響がカゴを載せたカートを押し、ゆりさんと並んで進んでいく。

食材を吟味《ぎんみ》する二人をぼんやり見る。

彼らは野菜売り場で、キャベツ、舞茸《まいたけ》、たまねぎ、パプリカ、じゃがいも、もやしなんかを入れていった。

「こんな感じでいいかな」

星野響がカゴの中身を見て呟き、

「あ、今川さん、嫌いな野菜とかあります？」

と訊ねてきた。

「いや……特に。なんでも食べます。雑食ですから」

二人は面白そうに笑った。

「わたしも雑食。あ、でもパクチーは苦手！」

ゆりさんは顔をしかめた。

「ぼくもパクチーだめだな」

「響はクセのある野菜全部だめでしょ。聞いてよ、今川さん。響ってば、セロリとかフキも食べられないんだよ。口がお子ちゃまなんだから」

ゆりさんにそう言われても反論しない星野響に彼女は追いうちをかける。

「それに、面倒臭がりだから自炊が嫌いなの。よくカップラーメンばっかり食べてるでしょ？」

「うるさいなあ」

「あ、麺といえば、シメの焼きそば忘れてた！」

ゆりさんが思い出してくれたので、慌てて焼きそばがあるコーナーに移動した。

「焼きそば忘れたら悲惨だったね」

「ですね」

ぼくはゆりさんに同意する。シメの焼きそばは確かにおいしい。

「じゃ、次はメインの肉！　肉は奮発しちゃう？　松阪牛《まつさかうし》いっちゃう？」

肉コーナーで星野響がおどけると、ぽんぽんとウインナーを二つカゴに入れながらゆりさんが、

「松阪牛なんてないでしょ」とどこか星野響に似たクールさで言った。

そして肉売り場を見て、

「じゃあ、奮発して……和牛にしよっか。アメリカ産の牛だったらたくさん食べられるけど。どうする？」

と悩んでいるように唇《くちびる》をすぼめる。

「量より質か、質より量か。今川さんはどっちがいいですか？」

星野響がぼくに訊ねた。

ぼくが決めるのか。

「……女性もいるし、質、かな」

ゆりさんはにこっと笑い、星野響はうーんと唸った。

「量にも惹《ひ》かれるところだけれど……やっぱおいしいほうがいいですかね。じゃ、和牛で。ウインナーもあるし。あ、チキンも少し買います？」

「いいんじゃない」

そうゆりさんが言うと、星野響は鶏肉を選び始めた。

最後はドリンクを選んだ。

大きなペットボトルの烏龍茶と缶ビール二本。

「あれ、一本足りなくないですか？」

ぼくがそう訊ねると、ゆりさんが、

「わたしは今日は烏龍茶」

と笑いながら言った。

「飲まないんですか」

彼女だけ飲まないことに違和感があってぼくは彼女に訊ねた。

「最近飲み過ぎてたから禁酒中」

冗談なのか本気なのかわからない笑顔でゆりさんはそう言うと、すっと前を歩いていった。

買ったものはぼくと星野響で半分ずつ持った。

「わたしも持つ」

そうゆりさんは主張したけれど、「男に華を持たせてよ」と冗談ぽく星野響が言って、彼女には持たせようとしなかった。

「せっかく一緒に買い物に来たのに役に立ててない」

不満を述べるゆりさんの気持ちはわかる。

軽い肉ぐらい持たせてあげてもいいだろうに。

「さ、早く帰ろう。また降り出すかもしれない」

星野響はそう言ったけれど、足取りはゆりさんにあわせてゆっくりだった。

「もう雨、降んな」

ゆりさんは、祈りというよりも命令するように空に向かって呟いた。

焼肉をおおかたたいらげて、シメの焼きそばをゆりさんが作り始めた。

ビールが入っていたせいもあると思う。

ぼくは普段ならしないような、踏み込んだ質問を二人にした。

「二人っていつも家デートですよね。たまには外でデートとかしないんですか？」

軽い気持ちの質問だった。

深い意味なんてまったくない。

けれど、その瞬間、部屋の空気が変わった気がした。

悪いほうに。

緊張感のようなものが室内を支配し、しんと静まりかえった。

「ぼく、人混みが嫌いなんですよ」

すぐに、いつもの感じのいい笑みを浮かべた星野響がそう言ってビールを飲んだ。

「最近また風邪が流行《はや》ってるし」

そういえば同僚も何人か風邪で休んでいた。季節の変わり目で体調を崩しやすいからぼくも気をつけている。

「なるほど、そうですよね」

ぼくは頷いた。

「ぼくも人混みは嫌いです。そのうえ風邪なんかうつされたら最悪ですよね」

「でしょう？」

ぼくと星野響は軽く笑いあって同時にビールを飲んだ。

すぐに空になり、二本ずつ買ってくれればよかったと後悔した。

それにしても、余計なことを言って変な空気にしてしまった。

星野響は人混みが嫌いで、風邪も流行っているから、いつも家でゆりさんと過ごしている。

どこもおかしなところはない。

彼らのプライベートに急に首を突っ込んだから、戸惑ったのだろう。

いくら親しくても恋人同士の過ごし方に口を出すのはいけないことだったと、心の中で反省した。

「できたよー」

じゅうじゅうという食欲をそそる大きな音が室内に響きわたる。

ゆりさんは笑顔で、ぼくらの皿に焼きそばを盛りつけてくれた。

「あ、紅ショウガ買ってくればよかったね」

彼女ははっとしたように言った。

「青海苔も」

「この前たこ焼きした時の残ってなかったたっけ」

立ちあがって冷蔵庫のほうへ歩いていく星野響に、ゆりさんが声をかける。

「確か全部使っちゃったはずだよ」

彼女の言う通りで、紅ショウガと青海苔はなかった。でも焼きそばはおいしかった。

いつの間にか話は変わって、ゆりさんの職場の同僚の話になった。

ゆりさんはよく恋愛相談をその同僚の女性から受けるらしい。

ぼくが恋愛相談を受けることなどこの先もないのだろうな、と思いながらも、その夜のビールはとりわけおいしく感じられた。

6　ハンバーグ定食　和風たらこスパゲティ

ゆりさんは星野響の部屋で過ごす他に、たまに近所を散策しているようだ。スーパーマーケットやコンビニエンスストアに行くついでぐらいに。それに、ぼくらのアパートから歩いて数分でいけるような近所の飲食店で、食べ歩きのようなささやかなデートも楽しんでいることをぼくは知った。

「今川さんも一緒にどう?」

ある日、そう、ゆりさんに誘われたからだ。

梅雨はもう明けて、厳しい暑さの日が続いていた。けれど、その日は曇天《どんてん》で気温も三十度以下と過ごしやすかった。

その日、ぼくはベッドに寝転んで本を読んでいた。

部屋にいる時はたいてい本を読んでいる。その他にすることがないから。

ドアをノックする音がして、何かの勧誘か、星野響かゆりさんだろうと思った。

ドアを開けて、白いコットンのノースリーブのワンピースを着たゆりさんが笑顔で立っていた時、ぼくは素直に嬉しかった。

クジを引いたら当たりが出た。そんな気分だった。

「これから、近所に新しくできたお店にランチに行くんだけど、今川さんも一緒にどう？」

そういえばもうお昼で、腹が空いていた。

いつもなら適当にカップラーメンですますところだけれど。

「もうお昼食べちゃった？」

「いえ……」

「よかった！」

ゆりさんはぱっと表情を明るくして、言葉を続ける。

「誘ったんだからおごるね」

「いや、そんなの悪いです」

「いいのいいの」

隣の部屋のドアが開いて星野響が現れた。

ぼくらを見ると、行こう、と言うように右手を軽くあげた。

「毎日、暑くて嫌になりますね」

店までの道中、星野響はうんざりしたような声で言った。

彼はゆりさんの前ではいつも笑顔でいるわけではない。

図書館で働いている時は笑顔しか見せない彼だけど、ゆりさんと一緒にいる時は色々な表情を見せる。

疲れた顔も見せるし、何か考えこんでいるような陰鬱《いんうつ》な表情になることもある。皮肉っぽいことさえ言う。

こっちの彼のほうが人間味を感じられてほっとする。

たぶん、ゆりさんにはすごく心を開いていて、安心してありのままの自分をさらけだせるんだろう。

「そうですね。今日はマシでよかった」

ぼくがそう言うと、ゆりさんは空を指差した。

「入道雲《にゅうどうぐも》をまだ見てない」

「え？」

「夏といえば入道雲でしょ。今年、まだ一回も見てない。だからなんだか、まだ夏が来た気がしない」

ゆりさんの子供みたいな拗《す》ねた表情が面白い。

「そのうち見えるよ」

星野響は入道雲にはそれほど関心がないようだった。

「ここだ」

角を曲がると、彼は足を止めて、赤い木のドアの真新しい店を指差す。

「ランチ、ほら、五百円。ワンコイン。嘘じゃなかっただろ」

店の前に置かれたカフェ看板にチョークで手書きされたメニューを指差して、星野響は得意気に言った。

ゆりさんがまじまじとメニューを見て、「ほんとだ。安過ぎてなんかこわいね」と苦笑する。

「大丈夫かな?」

ぼくを見て彼女が訊ねるので、

「大丈夫……じゃないですか、ね」

ともごもご答えた。

「今日の日替わりランチはハンバーグ定食か和風たらこスパゲティだって」

星野響はそう言うと、ちらっとガラス越しに店内をうかがった。

「お、客いるよ。大丈夫そうじゃない?」

「しっ。聞こえるよ」

ゆりさんが慌てて星野響のTシャツを引っ張る。

彼が店のドアを開けて先頭に立って入っていった。あとからゆりさん、ぼくと続く。

「いらっしゃいませぇ」

若い女性店員の明るい元気な声が響いた。

「お好きなテーブルをお選びください」

客はぼくらの他に、六十代ぐらいの夫婦と、小さい赤ん坊を連れた若い女性の二組だけだった。

ぼくらは四人掛けの窓際のテーブルについた。

テーブルにはメニューが置いてあり、その表紙に手書きの紙が木製のお洒落な洗濯バサミで挟んである。

『当店の目玉！　ワンコインのランチメニュー』とあり、ハンバーグ定食、和風たらこスパゲティと書かれていた。

ハンバーグ定食にはご飯とみそ汁がついていて、和風たらこスパゲティにはサラダとスープがついているらしい。

プラス百五十円出すとコーヒーが注文できるとも書かれていた。

「コーヒーは別にいいか、せっかくワンコインだし」

そんな星野響の言葉に、「だね」とゆりさんも同意する。

「ぼくはハンバーグ定食」

星野響は痩せているのに意外と肉食だ。

そう言うぼくもパスタよりは肉がいい。

「ぼくもハンバーグ定食にします」

「男の人って肉、好きだよね」

ゆりさんはくすくす笑う。

「じゃ、わたしは和風たらこスパゲティにしよ」

「女子ってパスタ、好きだよね」

星野響はそう言って、

「ですよね」

と、こちらを見て同意を得ようとしたので、ぼくは困惑した。

「……ですかね」

彼と違って彼女ができたこともなければ、デートすらしたことがないぼくは、女子がパスタ好きなんてことは知らない。

でも、彼がぼくのことを同等に扱ってくれたのは嬉しかった。

ぼくがモテないとか、彼女がいたことがないとか、そういうことに彼は関心がないのかもしれない。そういえば、その手の話を訊かれたことがない。

注文を訊きに来た女性店員さんにオーダーをし、ぼくらは出された水を飲みながら、それぞれが今読んでいる小説の話などをした。

そうこうしているうちに、先に和風たらこスパゲティが運ばれてきた。けっこう量が多い。サラダは少なめでスープもカップが小さかったが、ワンコインなんだからこんなもんだろう。

「あ、おいしい。和風だけあって醤油の味がする。バター醤油味だ。うんうん、おいしいよ」

ちょっと食べてみて、とゆりさんにすすめられて、ぼくと星野響はフォークをとって、彼女の皿から和風たらこスパゲティをフォークに巻きつけて食べてみた。

うん。確かにいける。おいしい。これで五百円は安い。一人でも通おうか。

「いけるね」

そう、星野響も褒めた。

そのすぐあとにぼくらのハンバーグ定食が運ばれてきた。

草履《ぞうり》みたいに大きなハンバーグがでんと大皿に載っていて、マッシュポテトもたっぷり添えてある。それにお味噌汁《みそしる》と大盛りのごはん。

「予想以上の大きさであった」

星野響が呟き、ぼくと目が合うとにっと笑った。

ぼくはどうしていいかわからず、

「なんの肉だろう」

と、ぼそっと言った。

一瞬おいてから、星野響とゆりさんが吹き出した。

困惑するぼくをよそに、二人は爆笑している。

「今川さん、面白すぎる」

星野響は涙を拭いていた。

「今川さんでもそんなこと言うんですね」

ゆりさんもくすくす笑い続けていてとまらない。

いや、このボリュームでワンコインとなると、鶏肉や豆腐のハンバーグなのかなと思っただけで、彼らがおそらく想像しているであろう、怪しげな生き物の肉だと思って言ったわけではない。

「牛と豚の合挽《あいび》き肉《にく》であって欲しい」

星野響が言い、ハンバーグを一口食べる。

「うまい」

ほっとしたように言ってから、我慢できずに吹き出す。

ぼくもハンバーグを食べた。

じゅわっと肉汁が口の中に広がり、コクのあるデミグラスソースと混じりあった。

「ほんとだ。おいしいです」

ぼくがそう言うと、二人はまた爆笑した。

こんなに腹を抱えて大口を開けて二人が笑っているのは久しぶりに見た。

笑われているのはぼくだが、それは悪くない光景だったので、不快ではなかった。

ぼくらは気持ちよくおいしいランチを綺麗にたいらげ、と言ってもゆりさんは半分ほど残したのでぼくと星野響で残りを食べてあげたのだが、伝票を持ってレジに行った。

「やっぱり払いますよ。五百円ぐらい出せますから」

ぼくがゆりさんにそう言うと、彼女はぼくの腕をぎゅっと掴んで黙らせた。

「いいの。五百円ぐらいおごらせてよ」

彼女に腕を掴まれたら、首根っこを掴まれた猫状態で何も言えなくなる。

「あの、おいしいランチがなんでこんなに安いんですか？」

星野響が支払いをしながら女性店員に訊ねた。ゆりさんも千円札をカウンターに置きながら彼の横で耳をすましている。

女性店員は嬉しそうににっこり微笑んだ。

「サービスです。当店はまだ開店したばかりなので、ランチに来て気に入ってくれたお客様に、夜の営業時間にも来てもらうきっかけになればと思いまして」

「なるほど。じゃあ、今度は夜も来てみます」

「ありがとうございます。夜はもっと手の込んだ料理を出せますので、ぜひいらしてください。お待ちしております」

　店を出ると、ぼくらは同時に満足の息を漏らした。

「おいしかったね～」

「うん、すっごい満足感」

　ゆりさんの言葉に、星野響はそう言っておなかをさすった。

　ぼくもつられておなかに触れると、見事に膨らんでいる。ちょっと苦しい。夕飯は軽くすまそう。

「今川さんはどうでした？」

　ゆりさんが顔を覗きこんできて訊ねる。

「おいしかったです」

「いいな～二人は」

　ゆりさんは羨ましそうな声を出した。

「いつでも今のお店に来られて。そうだ。今度は二人だけで行ったら？」

　二人だけ。

考えてみると星野響と二人だけでどこかへ出かけたことがない。

星野響と仕事以外で会うのは、ゆりさんが誘ってくれるからだ。

いわばぼくと彼の媒介《ばいかい》になってくれている。

彼と二人きりのランチはハードルが高い。やっぱりゆりさんがいてくれたほうが、気分的に楽だ。

「じゃ、今度誘いますよ」

星野響がそう言ったのでぼくも、

「はい」

と頷きはした。

けれど、ぼくと彼が二人きりで出かけるのはまだまだ先のことだろう、とぼくは内心思っていた。

その日を境に、ぼくと星野響とゆりさんの三人で近所の店を食べ歩きすることが増えた。

二人はせっかくの夏休みだというのに、海やプール、旅行に行くことはなかった。

そのかわりというように、ぼくらが暮らしている町の、ローカルだったり、少しだけお洒落だったりするお店を食べ歩くことを、『この夏に楽しむべきこと』にしたみたいだった。

三十度を超える日や、天気予報で熱中症の警戒を呼びかけるような日に誘いはなかった。

三十度以下の、少し暑さがやわらいでいる日や、曇りの日、雨の日に、ゆりさんから誘いの連絡が入った。

あるいは、星野響と一緒に、直接ぼくの部屋に誘いに来ることもあった。

行ったお店はけっこう多い。

ひなびた雰囲気の蕎麦屋、坦々麺《たんたんめん》がおいしい中華料理店、『冷やし中華はじめました』の貼り紙に誘われたラーメン屋、インド人がやっているカレー屋、三線《さんしん》の音色に導かれた沖縄料理屋……

ほとんど、ランチだった。

たぶん、ぼくと星野響がまだ学生で、安いランチのほうが気楽に三人で色々な店に入れるからだったんだと思う。

カフェや喫茶店もいろいろ入ってみた。

常連客しか入れなさそうな、年季の入った外装の怪しげな薄暗い喫茶店でさえ、勇気を持って入ってみた。すると普通の気さくなマスターが迎えてくれて、おいしいコーヒーや絶品手作りケーキにありつけたりもした。

そんなふうに、近所の店の探索では色々な発見があった。

そして自然と、ぼくと彼らの距離も近づいていくこととなった。

7　カルピス

人混みを嫌う星野響にはカラオケが向いている。

それは理解できる。

『カラオケにいきませんか?』

昼ごはんのサンドイッチを食べながら漫画を読んでるところに、星野響からそんな電話がかかってきた。

当然、ゆりさんも一緒なんだろうと思ったので、

「いいですよ」

なんて軽い気持ちで答えた。

しばらくすると、部屋のドアがノックされた。

ドアの前には星野響、ただ一人がいた。

ゆりさんの姿はどこにもない。

トイレにでも行ってるのかな、と思った。

「あの、ゆりさんは?」

そう訊ねると、星野響は一瞬戸惑った表情を浮かべてから、

「ゆりは今日はいません」

と答えた。

一瞬、動揺したけれど、それを知られるとなんとなくまずい気がしたので、なんでもないように、「ああ、そうなんですか」と言って、彼を玄関に招き入れた。

「食事中だったんですね。すみません」

「いや、大丈夫です……」

「食べ終えてから行きましょう」

「はい……」

既に食欲は失せていた。

星野響とカラオケ？

別に彼と二人きりになるのが嫌だと言うわけじゃない。

でも、ぼくは過去に男友達とカラオケで遊んだ経験がない。

ゆりさんも交えてのカラオケなら一度だけ行った。

「今川さんの歌声を聴いてみたい」

とまた、困らせるようなことを彼女に言われて、渋々行ったのだ。

でもぼくは声が小さいうえに、流行《はや》りの歌をまったく知らず、音程もうまくとれずに調子っぱずれになってしまい、途中で歌うのをやめてしまった。

練習すればうまくなるし、楽しければそれでいいんですよ、と二人は励《はげ》ましてくれたけれど、そこまでしてぼくはカラオケで歌いたくはなかった。

それに、言い出しっぺのゆりさん自身もあまり歌うのが好きではないようだった。綺麗な歌声をしているのだけれど、恥ずかしがり屋なのか、二曲ぐらいしっとりしたバラードを歌うと、あとは星野響に、「あれを歌って」「これを歌って」と注文だけして自分はマイクを持とうとしなかった。

なんでも上手にこなす星野響はやはり歌も上手だった。

思わず聴《き》き惚《ほ》れてしまったぐらいだ。

カラオケにいたほとんどの時間、彼のワンマンショーのようになってしまい、ぼくとゆりさんは完全な聴き手にまわった。

そんな妙なカラオケになってしまったこともあり、この三人でまたカラオケに来ることは二度とないだろうと思っていた。

それなのに、なんで星野響はぼくをまたカラオケに誘ったのだろう。

それもゆりさん抜きで。

味がしなくなったサンドイッチを牛乳で胃に押し流して、ぼくは訊ねた。

「ゆりさんはなんで今日は一緒じゃないんですか?」

「ゆりは用事があるので」

笑顔はなく、彼はそうさらりと言い放った。

いつもと違う彼の雰囲気にぼくは内心たじろいだ。

「……急に、歌いたくなったんですか？」

スマートフォンの充電の残量と財布の中身を確認してから、ぼくは何気なさを装って訊ねる。

「まあ……」

そう返す彼はテンションが低い。元気がない。

そんな星野響に、ぼくは免疫《めんえき》がなかった。

「ゆりさんと喧嘩《けんか》でもしました？」

さりげなく訊ねてみると、彼は軽く首を横に振って、腰をあげた。

「行きましょうか」

「……はい」

ゆりさんと喧嘩していない。

じゃあ、なんでこんなに元気がないんだ。

どこか具合でも悪いならカラオケなんかに行ってる場合じゃないから誘ってこないだろう。

もしかすると、ぼくに話があるんだろうか。

カラオケは密室だから、大事な話や人に聞かれたくない話をする時にはいい。

それは伊賀むつみから教わった。

清香さんの話を聞いたのはカラオケだったから。

でも話をするなら、どちらかの部屋でもいいんじゃないか？

ゆりさんは用事があって来られないわけだし、邪魔は入らない。

それとも、用事をすませた彼女が突然部屋に来たら困るから、わざわざカラオケ店を選んだ？

そこまでして、ゆりさんに聞かれたくない話をぼくにするつもりでいるのか。

どんな話だ。

考えると胃が痛くなってきた。

「大学で何かありました？」

部屋を出て歩きながら、ぼくは彼がカラオケに誘ってきた理由を探ろうと試みる。

彼は文学部ではなく経済学部だ。文学部を志望していたらしいが、国立大だけに絞って受験したので、合格できた学部の大学に入ったと聞いたことがある。

「別にないですよ」

彼は白いTシャツに黒のハーフパンツ、黒のビーチサンダルというラフな格好。あいかわらず、シンプルだけれどクールだ。

ぼくはくまのキャラクターのイラストがプリントされたTシャツに、グレーのスウェットパンツ。

またスウェットパンツ。だってしょうがない。家にいる時はスウェットパンツが一番楽なんだから。

それに彼がいる前で着替えるのは嫌だったし、彼を待たせるのも嫌だった。

というか、気になることが多過ぎて、服装なんてどうでもよかった。

ゆりさんがいない、ということもある。彼女がいないならダサい服でも気にならない。

ぼくらは無言のままアパートから一番近いカラオケ店に入った。以前、ゆりさんも一緒に入った店だ。

指定された番号の部屋に入ると、彼は明かりを少し暗くした。

以前来た時はそんなことはしなかった。

部屋が暗くなると、彼の俯いた顔が陰になって表情が読みづらくなる。

「飲み物、どうします？　ぼくはアイスコーヒーにします」

ぼくが訊ねると、彼は一瞬考えこんだ。

「カルピス、にします」

星野響はそう答えた。

カルピス。

仕事終わりにカルピスを飲んでいる時に、彼から一緒に帰ろうと誘われた時のことを思い出した。やんわりと断ったことも。

彼もそれを思い出していたのかはわからない。彼は俯いたままだった。

「じゃあ、ドリンクを注文するので、曲でも選んでてください」

ぼくはそう言うと、とにかく気がすむまで彼に歌わせてとっとと帰ろうと思った。

予定の時間は一時間だ。

二人ならちょうどいい。数曲ずつ歌って……ぼくは歌いたくないので、せいぜい一曲で終わらせたい……さっさと帰ろう。

音楽が流れ始めた。

星野響はマイクを握り、歌った。

日本の人気ロックバンドの激しい曲だ。ぼくでもなんとなく知っている曲だった。

難しいはずなのに彼はやはり軽々と歌った。いや、叫ぶように激しく歌った。いつの間にか立ち上がって、両手でマイクを握りしめ、腹を折り、シャウトした。

前にゆりさんと来た時に彼が歌った曲はバラードが多く、こんな激しい歌い方はしなかった。

途中で彼は唖然《あぜん》としているぼくを見下ろして、

「今川さん、歌いたい曲、入れておいてくださいね」

と言って、またシャウトした。

ぼくがわざとのろのろと曲を選んでいるうちに彼は歌い終えてしまった。

ドリンクが運ばれてきて、ぼくらはそれを飲んだ。

彼は汗をかいていたが拭いもせずに、少しだけすっきりしたような表情でぼくにやっとかすかに笑いかけた。

「そういえば、歌、苦手なんですよね」

「はい……なので、星野さん、自由に歌ってください。ぼく、聴いてますから」

彼はぼくを見て、俯いた。

「そうですか。じゃあ……歌っていいですか」

「どうぞ」

彼は連続で歌いまくった。

かなりの爆音と絶叫で耳がどうかなるかと思ったけれど我慢した。

こんな星野響を見るのは初めてだ。

何かを吐き出しているかのようにも見える。

でも何を？

五曲ほど連続で歌うとさすがに疲れたのか、彼はソファに腰をおろしてカルピスで喉を潤《うるお》した。

汗をぐっしょりかいて、前髪が濡《ぬ》れて額にはりついている。

「ストレス発散になりました」

彼はぼそっとそう言った。

ストレス？

「ストレス……」

ぼくが呟くと、彼は残りのカルピスを飲み干した。そしてドリンクの追加注文をした。またカルピス。

ストレス。

星野響のストレスってどんなストレスだろう。

見た目がよくて、性格もよくて、社交的で、ゆりさんのように最高に素敵な恋人がいる彼のストレスって？

単位を落としそうだとか。

有名国立大学に通う秀才の彼に限ってそれは考えにくい。

じゃあ、家庭内に深刻な問題があるとか。

それだと、安易にストレスの内容を訊ねるのは憚《はばか》られる。

でも、ここで彼の「ストレス発散」という言葉をスルーするのはさすがにまずいだろう。

「ストレスって」

ぼくはなるべく自然に聞こえるように注意しながら切り出した。

「どんなストレスですか？　言いたくなければ言わないでいいですけど……」

すると彼はふとももに肘《ひじ》をついて頬杖《ほおづえ》をつき、俯いて、黙り込んでしまった。

しばらくして店員が彼のカルピスを持ってきた。

店員は一瞬ぼくらの様子を見て息をのんだようだったが、

「ご注文のドリンク、お待たせいたしました」

と言って、カルピスの入ったグラスをテーブルに置くとすぐに部屋から出て行った。

星野響は相当喉が渇いていたらしく、グラスに手を伸ばすと一気に半分ほど飲んだ。

そしてグラスをテーブルに置くと、また同じ体勢に戻って黙り込んだ。

長い沈黙がそれほど広くない薄暗い室内を支配する。

どのぐらいの時間がたっただろう。

かなり長く感じられたけれど、数分ぐらいだったかもしれない。

「……たいしたことじゃないんです。すみません」

彼はそう言うと、さっと姿勢を正して座りなおし、いつもの感じのいい明るい笑顔をぼくに向けた。

少しだけ申し訳なさそうなまなざしで。

「ごめんなさい。付き合わせてしまって」

「いえ……」

沈黙の間、彼は考えていたに違いない。

ストレスの原因を、ぼくに言うか、言わないか。

そして決めた。

言わないことに。

「もう帰りましょうか。ここはぼくがおごります。付き合わせたお詫びに」

星野響はそう言って、ここに来るまでとは別人のようにサバサバした調子で先に部屋を出て行った。

帰り道、別人のように彼は明るかった。

図書館の同僚の話を面白おかしくしてぼくを笑わせようとした。ぼくは笑ってみせたけれど、心から笑うことはできなかった。

彼はぼくにストレスの原因……悩み事を話すことをやめた。

そのことがずっと胸にひっかかっていた。

彼は、己の告白がぼくには荷が重過ぎる、あるいは、話してもしょうがないと判断したのだろう。

彼に信頼されていない。

それはぼくの力不足で、しかたのないことだ。

でも、彼が悩み事を抱えたまま苦しみ続けていることが心配だった。

やはり、彼はどこか悪いのだろうか？

でも、深刻な悩み事を打ち明けられたところで、自分に何ができるのか、ぼくにはまったくわからないことが、最大の問題だった。

8　アイスコーヒー

——ぼくは今、ゆりさんといる。

向かい合わせで、二人きりで喫茶店にいる。

偶然……なのかどうか、午前中だけの図書館のバイトが終わってアパートに帰る途中、声をかけられた。

振り返ると、そこにゆりさんがいた。

彼女は星野響に会いに来たのだろうと思ったが、彼女はぼくらのアパートとは反対方向を指差して微笑んだ。

「近くにレトロな喫茶店見つけたんです。アイスコーヒー、飲みません?」

「じゃあ星野さんも呼びましょう」

当たり前のようにぼくが言うと、彼女は無言で首を横に振った。

「今川さんに話したいことがあるんです」

驚いた。

彼女はとても深刻な表情を浮かべていたので胃がぎゅっとなった。

悪い話か。

そんな表情でそんなことを言われたら断ることはできない。

「わかりました」

そして、二人で並んで歩いて、彼女の言うレトロな喫茶店に行った。

涼しい店内の空気に、まずはほっと息をついた。薄暗く、自然光だけのようなほのかな明るさで、広々としている。

客は文庫本を読んでいる三十代ぐらいの男性が窓際に一人いるだけで、がらんとしていた。

ぼくらは彼から離れた、店の一番奥のテーブルについて、白髪のマスターにアイスコーヒーを二つ注文した。

たまに家で短時間、ゆりさんと二人きりになる時もあるけれど、こうして外で二人だけで会うとやはり緊張してしまう。

それに、さっき彼女が口にした、「話したいことがある」という言葉がずっと気にかかっていた。

この前は星野響で、今度はゆりさん。

いったい、この二人に何が起こっているんだ？

「こういうレトロな落ち着いた喫茶店って、わたし、大好きなんだ」

ゆりさんは内緒話《ないしょばなし》をするみたいにぼくに顔を寄せて言った。ジャスミンが香る。

「初めて響とデートしたのも、こんな喫茶店だったな」

独り言のように言ってから、彼女は店内をぼんやり見まわしながら懐かしそうに目を細めた。

「星野さんは幸せ者ですね」

ぼくがふとそう呟いてしまうと、彼女はぼくに視線を戻して、何か考えこむように黙り込んでしまった。

アイスコーヒーが運ばれてきて、ゆりさんはマスターに微笑みかけながらお礼を言う。

ぼくらはアイスコーヒーをすぐに飲んだ。喉がとても渇いていた。

「おいしい」

彼女はそう呟いてから、いつもの調子を取り戻したかのようにぼくに微笑みかけた。

「そうなのかな？」

ゆりさんがぼくに何かを問いかけた。

「え？」

「本当に、響はわたしと出会って、幸せだったのかな」

過去形。

一瞬、脳裏《のうり》をよぎったのは、彼がいなくなる……ということだった。

話とはそのことなのか。

じゃなかったら、『幸せなのかな』と言うんじゃないか？

「過去形、なんですね」

ぼくがそう指摘すると、ゆりさんは力なくただ首を横に振った。

「過去形だった？」

「ええ」

「じゃあ、言い間違い。気にしないで」

だけど何か言いかけるかのように口がわずかに開き、そのまま凍りつく。

ぼくは待った。

でも彼女はやがて口をかたく閉ざしてしまった。

「星野さんはゆりさんと出会えて幸せに決まってるじゃないですか」

「……うん」

ゆりさんは微笑んだ。

その表情には疲れのようなものが見える。

それにいつもと違って、どこか陰がある。

「わたしから声をかけたの」

突然、彼女はそう言った。

「え？」

「響と図書館のボランティアで知り合った時。気づいたら、彼のことばかり目で追っている自分がいて……知らないうちに、好きになってた。それで、わたしから勇気を出して声かけたの」

「そうだったんですか……どんなふうに、声をかけたんですか？」

「『よかったら、休憩時間に一緒にお昼ご飯を食べに行きませんか？』って。でも、彼はまだ当時、高校生だったでしょ。お弁当を持ってきてたの。でもね、『いいですよ』ってＯＫしてくれた」

「彼、きっとすごく嬉しかったはずですよ」

「そうかな」

「決まってます」

ぼくはそう言って頷いた。それを見て、ゆりさんは言葉を続ける。

「本当はね、彼がお弁当を持ってきていることは知ってたの。それを同じ高校生の仲間たちと食べてることも知ってた。でも誘ったの。強引でしょ？　……悪いよね。せっかく彼のお母さんが作ってくれたお弁当を無駄にさせちゃったんだから」

「そんなの気にすることないですよ。ぼくなら気にしない。ぼくの母親だって気にしないです。断言できます」

ゆりさんはやっといつものように笑い、どこかほっとしたみたいに息をついた。

「『なんで誘ってくれたんですか?』って彼が、お昼ご飯を一緒に食べながら、無邪気に、不思議そうに、訊いてきたの。だから、『友達になりたいと思って』って答えた。そうしたら彼、『ぼくなんかでよければぜひ』ってにっこり笑ってくれて」

「彼のほうもゆりさんのことが気になってたんじゃないですか」

ゆりさんははにかみながら、白い頬を染めた。

ああ、できれば星野響と人生を入れ替わりたい。

「でも、響はね、年上の大学生だから自分からは声をかけられなかったと思う、って付き合ってからわたしに言ったの。だからね」

彼女はまた、ちょっと憂《うれ》いを帯《お》びた笑みを浮かべた。

「わたしが彼に声をかけなければ、わたしたちはそのまま、他人のまま、恋人になることもなかった。今こうして、一緒にいることもなかった」

それを人はこう呼ぶ。

「運命の出会いってやつですね」

どうしてゆりさんの目は潤《うる》んでいるんだろう。

彼女の泣き笑いの表情の意味がぼくにはわからない。

やはり……星野響の身に何か起こっていて、彼女はそのことを気に病《や》んでいるのだろうか。

ぼくは紙ナプキンを取って、彼女に差し出した。

彼女はそれを受け取って、歯を見せながら目をおさえた。

「ごめんね。最近。涙もろいの。年かな」

「その冗談はイマイチです」

彼女は静かに笑った。

彼女は涙を拭い、それから、アイスコーヒーをゆっくりと飲んだ。目はまだ潤んだままだった。

ぼくは彼女の心が落ち着くのを待つため、しばらく窓の外を眺めた。

文庫本を読んでいた男性はいつの間にかいなくなっていた。

マスターはカウンターの中で新聞を読んでいる。

店内はほどよい冷気に満たされて快適で、窓の外は透明の炎に焼かれているように発光している。

ふと視線を感じて振り返ると、ゆりさんがぼくを穏やかなまなざしで見つめていた。

「話っていうのは、たいしたことじゃないの」

彼女も窓に目をやり、眩《まぶ》しそうな目つきできつい日差しを眺めた。

ぼくは彼女が話すのを待った。

でも彼女は無言のままだった。

「話、よければ聞かせてください」

勇気を出して、そうぼくは言った。

でも彼女は首を横に振った。

「やっぱり大丈夫。本当にたいしたことじゃないから。こうして今川さんとおいしいアイスコーヒー飲んでたら、どうでもよくなっちゃった」

やっぱり、彼女も、心に秘めた何かをぼくに話すことをやめてしまった。

星野響と同じように。

ぼくはがっかりしたけれど、同時にまた、ほっとしてもいた。

つくづくぼくは、だめな人間だった。

9 ラーメン

伊賀むつみが江の島の海の沖に流されているような気がする。

手を激しく振っているのは助けを呼んでいるんじゃないだろうか。

「伊賀さん、流されてません？」

隣にいる清香さんはコーラを飲みながら、かかとで砂の上に独創的な絵を描いている。いかのような、たこのような。

彼女は眩しげに海に視線をやったが、伊賀むつみがどこにいるのかわからないようだった。

指を差して教えると、彼女は肩をすくめた。

「平気だよ」

「そうですかね」

彼女はごろんと横になって顔にタオルをかけた。ハーフパンツから伸びた足は少し赤く日焼けしている。

「ここ、地獄。砂が、あっつい」

汗が止まらない。

生温いスポーツドリンクを飲み干すと、海の家を振り返った。ドリンク、買ってきたいけど……

「来なきゃよかった、と思ってない？」

清香さんが喋り続けているから買いに行けない。

「いや、海なんて小学生以来だから……貴重な体験です」

彼女は鼻を鳴らした。タオルの下でどんな表情を浮かべているのか容易に想像がつく。

「むつみは……」

言葉を待ったけれど、それっきり彼女は黙り込んでしまった。伊賀むつみがどこにいるのか、ぼくにももうわからなかった。

「今、どんな本読んでるの？」

砂の上にスポーツドリンクのペットボトルを横にして埋め込む。腰をつつかれて振り返ると、清香さんがタオルを指先で持ち上げてこちらをじっと見据えていた。

「どんな本、読んでるの？」

「森鴎外《もりおうがい》の『ヰタ・セクスアリス』です」

「ああ、あれね。わたしも読んだ。あれ最初に読んで、鴎外好きになったんだ」

「そうなんですか」

「今川は鴎外好きなの？」

「はい」

「一番最初に読んだのは何？」

「同じです」

「『ヰタ・セクスアリス』」

「はい」

「偶然だね」

「そうですね」

しばらくの間、沈黙が続いた。波音と人々の楽しげな声だけがあたりに響いていた。

「なんかあった？」

「え？」

「なんか、『こころの中に抱えてます』って顔してるから」

「そうですか」

「なんか不愉快」

彼女はまたタオルを顔にかけた。

「すみません」

「平気な顔しててよ」

「はい」

「むつみとはともかく、わたしたち別に友達ってわけじゃないんだし。気をつかってよ」

「はい」

「どうして来たの？」

半分埋まったスポーツドリンクに砂をかけていく。

自分自身を埋葬《まいそう》しているような気分だ。

汗が面白いようにぼとぼとと砂の上に落ちる。

「清香さんの水着姿が見られるかなと思って」

「それ、全然面白くないから」

「すみません」

彼女は少し黙り込んだ。何か考え込んでいるかのように。

「わたしのこと、むつみから聞いてるんでしょ？」

「ぼんやりと」

「詳しく話そうか」

ドキッとし、返答に迷った。

「別にいいです。話したいなら……聞きますけど」

「話したいと思う？　思うわけ？」

「なんで苛々してるんですか?」

「もうすぐ生理が来るからよ。決まってるでしょ」

「そうなんですか」

「そうよ。ばかじゃないの」

「すみません」

ごしごしと彼女はタオルで顔をこすった。

「それで、なんかあったの?」

「何もないです」

「あるのもうわかってるんだから言ってよ」

「なんか……」

「なんか?」

「友達の様子が、おかしくて」

「どんなふうに?」

「何か……深刻な秘密を抱えているみたいで」

星野響もゆりさんも、ぼくに何か隠している。

それを話そうとしたようだけれど、結局、話してはくれなかった。

臆病《おくびょう》で卑怯《ひきょう》なぼくは、ほっとした。

でもやっぱり、そんなの間違ってる。

ぼくは知らなければいけない。

彼らに起こっている、『何か』について。

でも、無理に話させることはできない。

「友達いたんだ？」

清香さんの投げやりな言葉に、今はなぜか救われる。

「やっとできた友達です。でも、どうなのかな。本当に、友達、なのかな。わかんなくなってきました」

「聞いてらんない。こっちまでモヤモヤしてきた。もう黙って」

「……はい」

伊賀むつみがピンク色の浮き輪に入ったまま駆けてきた。白いフリルのビキニ。意外とスタイルがいい。

「流されました」

はあはあと肩で息をしながら彼女は笑った。全身についた水滴が肌を伝い落ちて足元の砂を固くする。

「ライフセーバーに助けてもらいました」

清香さんからタオルを受け取った伊賀むつみは顔を拭きながら笑っていた。

「イケメンだった？」

清香さんがにっと笑う。

「とっても黒かったです」

「白いライフセーバーとか、不安だよね」

二人が話している隙《すき》に海の家にドリンクを買いに行った。

戻ってくると、伊賀むつみの姿はなかった。

「着替えてくるって。そんで、生シラス丼食べに行くってさ」

「ああ、生シラス丼」

まだ諦めてないんだ。そんなに食べたいかな、生シラス。

「海の家って言ったらやっぱラーメンだよね」

海を眺めながらぼんやり清香さんが呟いた。

「そうですね。どんなラーメンでもおいしく感じますよね」

「そうそう」

清香さんはにかっと笑い、腰をあげた。体についた砂を払い、ビニールシートを畳んで後片付けを始める。ぼくも手伝った。

それから、伊賀むつみが着替えている海の家でラーメンを注文する。

ちょうどラーメンが来て食べ始めた時に伊賀むつみが着替えを終えてやって来た。

「あ、食べちゃってるの?」

悲しそうな声をあげたけれど、伊賀むつみもラーメンを注文した。

「生シラスは早めの夕飯にすればいいんじゃん」

「売り切れちゃわないかな」

「平気だよ」

清香さんの言葉に不安そうに返す伊賀むつみだが、清香さんは飄々《ひょうひょう》と答えた。

そのあと、水族館に行ってイルカショーを見て、甘味処《かんみどころ》でクリームあんみつを食べ、それから生シラス丼を食べに行ったのだけれど、売り切れてしまっていた。

「楽しかったし大丈夫」

伊賀むつみはちらし寿司を頬張りながら、けなげに笑った。日焼け止めをうまく塗れなかったようで、顔、首、鎖骨《さこつ》、手足がまだらに赤く日焼けしている。

「今川は楽しかった？」

ぶーと鳴ったスマートフォンをいじりながら清香さんが訊く。

「楽しかったです」

ちらし寿司を食べながら彼女のスマートフォンを見ていると、画面を手でふさがれた。

「盗み見しないでよ」

「ここからじゃ見えません」

「でも不愉快なの。やめて」

「まあまあ」

伊賀むつみがメニューを差し出す。

「今川さん、ビールでもどうです？」

「けっこうです」

「お酒、弱いもんね」

清香さんの言葉にドキッとした。

伊賀むつみ、同窓会のこと話したのか？

信じられない。

そのあとは彼女たちの前で気まずい思いを押し隠すのに必死で、家に帰るとぐったり疲れきってしまった。


翌日、海へ行った話をゆりさんにした。

「その、清香さんて人のことが今川さんは好きなんだね」

と彼女はにんまりした。

真っ赤に日焼けしたひりひりする腕を、さっきから何度もゆりさんがつついてくる。もっとちゃんと日焼け止めを塗っておけばよかった。

「痛《いた》っ。いえ、そういうんじゃないです」

「素直にならないと」

「ぼくは素直です」

「本当に？」

「はい」

「後悔しないようにね」

抹茶味のハーゲンダッツがスプーンですくわれ、ゆりさんの舌にのっかる。緑色がとろりと溶ける。その舌と星野響の舌がからみあうのを想像してしまう愚かな自分。

「後悔はしません」

ゆりさんはスマートフォンを手に取って画面を確認してからバッグにしまった。

「響、今仕事終わったって。あと少しで帰ってくる」

「そうですか。ゆりさん、彼の部屋で待っていたほうがいいんじゃないですか」

「平気。ここにいることは伝えてあるから。ねえ、この部屋、前と少し雰囲気が変わったね」

「エアプランツのせい、ですかね。サボテン、多肉植物、ときて、次はエアプランツに挑戦してみました。全部世話がいらないものばかりですけど。ブーゲンビリアのマネです」

「そうだったんだ」

彼女は目を閉じてすうっと空気を吸い込んだ。

「甘い匂いがするね」

キャラメルの匂い。

清香さんはぼくにキャラメルをくれたことを覚えていなかった。というか、ぼくのことを覚えていなかった。

そりゃそうだ。覚えてないほうが普通だ。あんな些細《ささい》なことを何年も大事に胸にしまっていたぼくのほうが変なんだ。

「告白したら教えてね」

「しませんよ」

「必ずね」

ゆりさんの目が真剣で、ちょっと怖いぐらいだったのでびっくりした。

「案外、その前に伊賀さんに告白されたりしてね」

「は？　伊賀さん？　それはないですよ」

「そうかな。伊賀さんは今川君の気持ちを察して、清香さんとの仲を取り持とうとしてくれているようだけど、どうしてそんなことしてくれるのかなぁ。それ、考えたことある？」

「……さあ」

「考えないんだね。そんなものか」

この話はもう終わりにしたかったけれど、ゆりさんは本棚からキャラメルを取ってきて、口に放りこみながら続ける。

「今川さんのことが好き？　それじゃ単純過ぎる？　でも人の心はとても単純な時がある」

「好きな人の恋を応援するものでしょうか」

「するんじゃないかな。その恋が無謀なものだとわかっているならなおさらね。相手がふられたら、そのあと、どうなると思う？　傷ついた男性は一番そばにいる、優しくてちょっと可愛い女の子にころっと参るかもしれない」

「それ、体験談ですか？」

面白そうに笑うゆりさんの目は水面で踊る光のように輝いている。

「わたしがそういう手を使ったことがあるかって？」

「……はい」

「訊きたい？」

ぼくは少し考えてから、首を横に振った。

「いえ。やっぱり、いいです」

「どっちなの。訊きたいならなんでも話してあげるのに」

「星野さんとは……どっちが告白して付き合うようになったんですか？」

「響だよ。そうさせたのはわたしだけど」

そりゃそうか。ゆりさんから告白するイメージが浮かばない。彼女は常に、男性たちから崇拝《すうはい》され、求愛を受ける女神なのだ。

「どうやって告白させたんですか？」

「清香さんに告白させるつもりなの？」

「いや、それはありえないです」

「響の時は、わたしが彼に好意があることをさりげなく伝えたの」

「確か、ゆりさんからお昼ご飯に誘って、友達になったんですよね」

「そう。でもそのあとは、しばらく進展がなかったの。だから次の手を考えたの」

ゆりさんは悪戯《いたずら》っぽい目でぼくを見つめる。

「どんな?」

「クッキーを作ってプレゼントしたの」

「さりげなくじゃないじゃないですか」

「そう?」

「まあ、いいですけど。で、そのあとは?」

「またクッキーを作ってプレゼントしたの。でも今度はその場にいた他の人にも同じものをあげた」

「へえ」

「響は、『あれ?』っていう顔をしてた」

「そうでしょうね。自分が特別なわけじゃないって思っただろうから」

「そしてまた、彼だけにクッキーをプレゼントしたの。彼はまた、『あれ?』って顔をしてた」

「でしょうね」

「それからしばらくして、食事に誘われたの」

「どうしてそうなるんですか」

「響は確かめたくなったの。わたしがどんなつもりなのかって。ただの友達なのか、それともそれ以上の好意を持ってくれているのか、気になってしかたなくなったんだって」

「ぼくの場合、そのままフェードアウトしそうですけど」

「クッキー、清香さんに焼いてみたら?」

「焼きません」

ゆりさんが笑うので、ぼくも笑ってしまった。

「来週、江戸川の花火大会ですね」

「うん。わたし、浴衣《ゆかた》着ていくね」

「楽しみです。でも、ぼく、お邪魔ですね」

「お邪魔なわけないよ」

でも先に帰ることに決めている。

「本当は清香さんと行きたいんでしょ。花火大会」

「もうその話はいいですよ」

「行きたいんでしょ？」

「行ったら不穏《ふおん》な雰囲気になりますよ。花火見物どころじゃなくなります。それに彼女、好きな人がいるんです」

「本当に好きなのかわからないじゃない」

「いやあ……」

「決めつけないほうがいいよ。彼女が本当は何を求めているかは、彼女にしかわからないんだから」

でも、清香さんがぼくのことを求めていないことだけはわかる。

こんこん、とドアがノックされて、「星野です」という星野響の声がした。

それから、彼が買ってきたたい焼きを食べながら、TSUTAYAでゆりさんが借りてきたオードリー・ヘップバーンの『ローマの休日』を観た。

何度も観ているお気に入りだそうだ。

映画が終わると即席ラーメンを作った。家にあったキャベツを入れて軽く煮込み、卵を落とした。

「意外においしい」

ゆりさんがずるずる食べながらおかしそうに笑った。

「ほんとだ。見た目よりおいしい」

「けっこう言いますよね、二人とも」

確かに見た目はさえないけれど、味はまあまあだった。

二人が帰ったあと、本棚できらりと何かが光った。

キャラメルの横にピアスがおいてあった。

透明で、向日葵《ひまわり》の形をしている。ゆりさんがつけていたものだ。片方だけが置いてある。

手に取って電灯にかざしてみると、眩しくて目がくらんだ。それをてのひらに乗せてそっと握りしめると、なぜか悲しい気持ちになった。

今度会った時に返そうとテレビの横に置いた。そこに置いておけば、嫌でも忘れることはない。

その夜はなかなか眠れなかった。

暗闇のなかで目をこらすと、美しいそれはずっと夜の間、輝き続けていた。

10　ソフトクリーム

スターバックスに現れた伊賀むつみは、黄色いノースリーブのワンピースに真っ白なヒールのサンダルを履いていた。

髪は明るい茶色に染められていて、ゆるいパーマがかけられているし、メイクもきちんとされている。

「なんか、変わりましたね」

「え」

「雰囲気が」

たこのようにすぐ真っ赤になるところだけは変わらない。

「変わろうと頑張ってるので」

「そうなんですか」

「自分のだめなところを指摘されたり、気づいたりしたら、改善するように努力してます。苦手だなって感じることも、逃げずに向き合うようにして。うまくいかない時のほうが多いですけど……でも、頑張ってます」

「もしかして、ぼくとこうして会ったりするのも、自分を変えるための一環だったり？」

「あ……はい。いえ、今川さんが苦手だってわけじゃなくて、わたしは元々、人付き合いが苦手なんです。緊張しいで、何を喋っていいのかもわからないし、相手を退屈させるばかりで……でも、だからって、人付き合いから逃げ続けていたら誰とも仲良くなれなくて、これからもずっと一人ぼっちのままだって思ったんです。それは……嫌ですから」

「偉いですね」

「いえ、全然偉くなんてないです」

伊賀むつみは両手の親指同士をこすりあわせた。爪《つめ》も綺麗にマニキュアが塗られている。品のいい、ベージュっぽいピンク色だ。

「高校を卒業した時、わたしには一人も友達がいなかったんです。十八歳まで、友達がいないなんて、ありえますか？」

ありえる。ぼくがそうだ。

伊賀むつみはじっとぼくを見つめた。ぼくたちが同類であることを彼女も知っている。

小さく息を吐いて彼女は親指に視線を落とした。

「わたし、悲しくて。これまでの学生生活を棒に振ったことが本当に悔しくて。もう二度と、取り戻せないから」

ぎゅっと強く手を握りしめるので指先が赤く染まる。

「普通でいいんです。普通になりたいんです、わたし」

「はい」

「でも、すぐには変われなくて……どうしようって焦りだけがずっとあって……それで、同窓会に行くことにしたんです。本当は怖かったし行きたくなかったけど……だからこそ、行くべきだって思ったんです」

だから、来てたんだ。

すっと伊賀むつみの手が伸びてぼくの手を掴んだ。

日焼けした細い五本の指がそっと、でも確かにぼくの手を握りしめている。

とても不思議な感覚がした。

触れている部分から何かが吸い取られていくような気がする。それで徐々に自分の体じゃなくなっていく感じがする。とろりとした、けだるい感じもある。

ただ手と手が触れ合っているだけなのに本当に変だ。

振り払うことも、握り返すこともできずに、ただぼうっとそのままでいた。

これも伊賀むつみが変わるために必要なことなのだろうか。

しばらくして伊賀むつみは手を放して、

「ごめんなさい」

と俯いた。

「いや……」

謝るのは、どういうことなんだろう。

その気がないのに実験みたいに手を握ったから？　それとも、ぼくが怒っていると思ったんだろうか。

伊賀むつみはバッグから写真を一枚取り出した。

そしてそれを伏せた状態でぼくの前に置くと、「失礼します」と言って店から出て行った。

写真を手に取って表にすると、江の島の海をバックにした三人が写っていた。伊賀むつみはビキニ姿で満面の笑み、その両脇には服を着たぼくと清香さんが暑さでだるそうな表情を浮かべて立っている。

海の家のお兄さんに撮ってもらった写真だ。スマートフォンで撮影したのだから送信してくれればすむことを、わざわざプリントアウトして手渡ししてくれるのが伊賀むつみらしい。

自分が写っている写真を手にしたのはいつぶりだろう。

そういえば、星野響の部屋の壁にはたくさんの写真が貼ってあった。

この写真を自分の部屋の壁に貼ることを想像してみる。

いや、無理だ。

写真を見るたびに、伊賀むつみに手を握られたことを思い出して心がざわつく。清香さんの顔を見れば頭が混乱する。

部屋に帰ると、その写真を好きな女優の写真集に挟んだ。ここなら誰にも見つからないから。

その日の夜は江戸川の花火大会だった。

三時頃にゆりさんと星野響がぼくを呼びに来た。

ゆりさんはもう浴衣を着ていた。白地に薄いピンク色と茶色で百合の花が描かれている。

「名前にちなんでその柄ですか？」

そう訊ねると、「そう」とゆりさんははにかんだ。

とてもよく似合っていて、見惚れた。髪はシンプルにまとめられ、鼈甲色《べっこういろ》のかんざしがささっている。

それから、彼女はぼくに浴衣を着せてくれた。兄の浴衣だという、涼しげな生地の茶色い浴衣だ。帯は朱色。

星野響は紺色の浴衣を自分で着始めた。去年も着たらしく、帯も器用に一人で結んだ。

「肩の力を抜いてね」

そう言われても、緊張して体に力が入ってしまう。目線にも困って、ずっと天井を見上げていた。ゆりさんが時折くすっと笑って息が首に吹きかかり、困った。

体が密着しているので彼女の香りが強くなる。あからさまに吸い込んではいけないと口で息をするように意識した。

「はあはあしてるね。暑い？」

「ちょっと……」

「浴衣は初めて？」

「子供の時以来です」

浴衣を着終えると、少し早いけれどもう行こうとゆりさんが言った。

彼女は毎年、江戸川の花火大会に行っているらしい。

「土手が広いから座って見られるんだけど、いい場所は早く取られちゃうの。それに、暗くなるとすごく混むんだ」

電車に乗って小岩駅まで行った。それから河川敷《かせんじき》を目指して歩き始める。

道の両側には様々な露店が出ていて、目に留まった飲み物や食べ物を少しずつ買っていった。

焼きそば、焼き鳥、塩漬けのキュウリ、焼きとうもろこし、フランクフルト。

コンビニエンスストアにも寄って、ビールにお茶、スナック菓子、チーズなんかのおつまみを買った。

河川敷の土手が見えてくると、ソフトクリームを売っている車があった。

「ソフトクリーム食べません？　浴衣を貸してくれたのと、花火大会に誘ってくれたお礼に、お二人におごります」

ぼくはそう申し出た。

「やったあ」

ゆりさんはどれにするか、車に貼られたソフトリームの写真を見比べ始める。

ちらっと星野響を見ると、彼は帯をいじっている。特に不機嫌そうではない。

前みたいに冷たいものをゆりさんが食べるのに難色を示すのかと思ったけど、今夜ぐらいは特別に目をつぶることにしたのだろうか。

「星野さんは何にします？」

彼は顔をあげて、車を見た。

「じゃあ……マンゴー味で。ごちそうさまです」

そう言って彼は軽く頭を下げた。

「いえ。ぼくもマンゴーにしようかな。ゆりさんは抹茶味ですか？」

「うん」

ソフトクリームを食べながらゆっくり歩いた。ソフトクリームは暑さですぐに溶け出して、コーンを握る手をべとべとにした。用意のいいゆりさんはソフトクリームを食べ終えたぼくらにウェットティッシュをくれた。

「ここ、ついてるよ」

そうゆりさんが笑いながらぼくの口元をウェットティッシュで拭ってくれた。

それだけで、少し冷えたぼくの体温はまた上がった。星野響は自分で口を拭っている。

とても暑いのに二人は涼しげなたたずまいを崩さず、ぼくだけが汗だくになっていた。

土手を上がり、また下ったところの一番下あたりにちょうどよさそうな場所を見つけて、ゆりさんがビニールシートを広げた。

ゆりさんを挟んで三人で腰をおろす。

彼女は下駄を脱いで白い足を草の上に投げ出し、空を指差した。少し暗くなってきた空に、星や月が控えめに光っている。

「星は少ないけど、東京の夜空がわたしは好き」

彼女は空を見上げながらしんみりとした口調で言った。

「ゆりさんは東京生まれなんですか？」

ぼくは彼女の横顔に見惚れながら、いつのまにか訊ねていた。

「うん。東京で生まれて東京で育ったの。旅行に出かけると、夜には決まってさびしくなる。満天の星を見ていると、数えるほどしかない夜空が恋しくて心細くなる」

「じゃあ、東京から離れられないですね」

「うん、そう。わたしはずっとここにいるんだ」

ゆりさんの視線の先をたどると、星野響が彼女の手を握っていた。

ぼくは膝を抱えて身を小さくした。

「焼き鳥、食べよう」

ゆりさんがぼくの目の前に焼き鳥が入ったパックを差し出す。

「いただきます」

「ビールもどうぞ。わたしは酔っ払って花火どころじゃなくなるのが怖いのでお茶で」

「じゃあ、ぼくは遠慮《えんりょ》なく」

飲むしかない。

ぐいっとビールをあおり、焼き鳥を黙々と食べた。焼きそばも、ずるずる音をあげて食べた。

一気にビールを二本開けると頭がぐらりとした。ペースが速すぎるという自覚はあったけれどなぜか止められない。気づくと三本目のビールに口をつけていた。

「顔、赤いよ？　平気？」

ゆりさんにひょいと顔を覗きこまれてのけぞる。

「へいきれすよ」

彼女の白い足先に小さなトノサマバッタがとまっている。

「酔っぱらう前に写真撮らなきゃ」

スマートフォンを片手に持つ彼女に肩を抱き寄せられて、

「笑って！」

にたあと笑った。

スマートフォンのフラッシュが眩しくて目をつぶりそうになる。

「もう一枚」にたあ。

「二人だけで」にたあ。

「始まるみたい」

どどどどん、どどどどどどど。

光と火花が空に散る。地鳴りのような歓声があがる。

「わああ」

ゆりさんの声がいっそう弾《はず》んだ。

「綺麗だね」

「あのトイレの列、すごい」

星野響が笑いを含んだ声で指差した方をぼくは見た。

トイレに行列を作っている女性たちも夜空を見上げている。

ぼくは肩を揺さぶられ、ジャスミンの香りを間近で吸い込みながら、「今川さん、あれを見て」とゆりさんの白い指が差すほうを見つめた。

「どれれすか」

「ほら、あのへんのマンションのベランダ。明かりがついてるでしょ。人影が見えない？　住人たちがみんなベランダに出て花火を観てるんだよ。わたし、あれを見るのがすごく好きなんだ。ささやかな幸せをみんなで分け合ってるみたいで。見てると、とても幸せな気持ちになる」

ぼくも幸せだ。

ゆりさんの浴衣姿を見て、ゆりさんの香りを吸い込み、ゆりさんの久しぶりにはしゃぐ声を聞けて、すごく幸せだ。

もし彼女がその手を広げてぼくを抱きしめてくれたら、もっと幸せになれるだろう……なんて、ぼくは酔いすぎている。

カサカサいうビニールシートはひんやりしていて、草と土の匂いがきつい。

二人の声がとても遠くのほうから聞こえてくる。

「寝てる？」

と笑みを含んだ星野響の声。

「みたい。よだれ、たれてる」

「ははは。お酒、弱いんだね」

「大丈夫かな？」

「大丈夫だよ」

「起こしてあげる？」

「気持ちよさそうだからそのままでいいんじゃない。じきに起きるよ」

「そうだね。ねえ……」

恋人たちの沈黙は甘い。胸が疼《うず》く。

目を開くと、あたりは静まりかえっていた。

食べ物と草と土と、火薬と湿った風の匂いがする。

「今川さん、やっと起きましたね」

くすくす笑う声は星野響のものだ。

彼は隣でお茶を飲んでいた。

「ゆりはトイレに行ってます。帰ってきたら、タクシーを拾って帰りましょう。もうだいぶ遅いですし、彼女、少し疲れたようなので」

「今、何時ですか？」

「もうすぐ十時です」

「花火は？」

「とっくに終わりました」

身を起こすと、鈍い痛みが頭に走って顔をしかめた。

「すみません。寝てしまって」

「ゆりには先に帰るように言ったんですけど、一緒に帰るって言い張ったもんですから。気にしないでください。どうせ彼女、今夜は泊まっていくので」

星野響は川向こうに視線をやった。

「ああ、マンションのベランダの明かりもまばらになりましたね。なんだかさびしいな」

「でもゆりさんがいるじゃないですか」

「え?」

振り返った星野響の顔はひどくやつれて見えた。

彼はいったいどんな悩み事を抱えているんだろう。

頬はこけ、あごは鋭くなり、目だけが黒々と光って夜の川面を凝視している。

「星野さん」

「はい?」

「大丈夫、ですか?」

彼は目を伏せて草をちぎった。荒々しい草の匂いがぼくらを包みこむ。

「ああ、気づきますよね。そりゃあ」

彼の目からぽろぽろと大粒の涙がこぼれ落ちた。

呆然とするぼくの横ですっと立ち上がった彼は、裸足《はだし》でずんずんと土手をのぼっていって、闇に消えて見えなくなった。

それからしばらくして戻ってきたゆりさんは、「響もトイレ?」と訊きながらゴミを集め、ビニールシートを片付け始めた。

「ええ」

ぼくは嘘をついた。

それからほどなくして、星野響は戻ってきた。

「ああ、戻ってきた。響!」

彼女が手を振るほうへ顔を向けると、手を振り返しながら歩いてくる星野響はもういつもの笑顔だった。

ぼくは俯いて、その夜はもう彼と視線を合わせることができなかった。

ぼくは疾《やま》しい気持ちでいた。

自分の部屋に帰ると、隣の部屋と隔《へだ》てている壁をじっと見つめた。そして二人が立てる音に耳をすましながら自分を責めた。

星野響は何か重い病気なのかもしれない。

彼の身にもし何かあったら、ゆりさんは一人になる。

そうしたらぼくはどうするか。

きっと、彼女を支えるフリをして近づいて離れないだろう。

ぼくはそういう卑怯な考えをいつからか抱くようになった。

——ぼくは、ゆりさんが好きだ。

彼女がぼくに笑顔で話しかけてくれるのは、星野響の同僚で、おとなりさんだからだ。彼に何かあったらぼくが助けてくれるだろうと期待しているからだ。彼のために、ぼくと仲良くしてくれているだけに過ぎない。

頭を冷やせ。

冷蔵庫からビールを取り出して飲んだ。


何本飲んだだろう?

電話が鳴っている。

「……もしもし?」

『酔っぱらってるんですか?』

「どちらさまですか」

『伊賀むつみです』

「ああ……伊賀さん。どうしたんですか」

『今川さん、何度も電話したんですよ』

「ちょっと出かけてて……」

『大変なんです。清香が怪我《けが》したんです』

電話の向こうの声に、僕は少し冷静になった。

「怪我？　なんで？」

『男に刺されたんです。それで今、病院にいて』

「刺された？」

『彼女、死ぬかもしれません』

ぼくは発光するスマートフォンの画面を見た。

清香さん、という文字が表示されている。

「清香さんのスマホからかけてるんですか？」

『ええ。彼女が死んだら、今川さん、悲しいですか？』

「病院、教えてください。今から行きます」

『来ないでください。もう手遅れですから』

「それはどういう……」

『嘘。わたし、清香』

笑い声が弾けた。

『わたしも酔っぱらってるの。ひどい気分なの。今川、わたしね、男も仕事もなくしちゃったんだぁ。ねえ、どうすればいい？　明日からどうやって生きていこう？　お金がないよ。ねえ、どうしよう。ご飯食べられないよ。住むとこもなくなったよ』

「ちょっと……落ち着いて。仕事はまた探せば……」

『中卒のわたしが仕事探しにどんなに苦労してるかあんたにわかるわけないでしょ』

キャラメルの匂い。

『わたしのほうがすべてにおいて優れてたのに。ねえ、そうだよね？　友達一人作れないで、ノートまわされても何も言えなかった弱虫君。わたしならあんたよりいい大学に行けた。仕事だってやりたいことを選べたはず。素敵な友達と恋人がいて、旅行とかたくさん行って、食べたいものを食べられて、素敵な洋服を着ることもできて、ちょっといいマンションにも住むことができたはず。なのになんでよ。なんでわたしだけ。わたしだけがこんな目にあわなきゃいけないのよ。悪いこと何もしてないのに不公平じゃない。代わってよ。代わりなさいよ。あんたのそのぱっとしない日常をわたしが有効活用してあげるから。ねえ、代わりなさいよ』

「代わります」

『ばかじゃないの』

ぷつっと電話は切れた。

そうか。

清香さんは覚えてたんだ。ぼくが誰か。

代わりますなんて、無責任な言葉だ。代われるはずがないのに。

与えられた環境に感謝せず、不満と諦めで自分の行動を肯定して努力してこなかった、甘い、生温い、ずるいぼくを清香さんは見抜いていた。

中学三年生のあの時、キャラメルをぼくにくれた時から、きっと気づいていたんだろう。あれから少しも、ぼくは変わっていない。

ひとつ息をついてから、ぼくは伊賀むつみに電話をかけた。

『もしもし?』

寝ていたんだろう。こもった声が聞こえてきた。

「夜遅くにすみません。さっき、清香さんから電話があったんです」

『清香から?』

「何も聞いてませんか?」

『聞いてません。清香、どうかしたんですか?』

「仕事と……恋人を失ったって言ってました」

『え』

「それと、お金がないみたいなんです。生活の心配をしてました。かなり動揺してるようで……お酒を飲んでるみたいでした。申し訳ないんですが、伊賀さん、ちょっと彼女に連絡してみてくれませんか?」

『わかりました。今すぐ電話してみます』

「頼ってしまって、すみません」

『いえ、すぐに教えてくれてありがとうございました』

電話を切ると、ばたりとベッドに横になった。

しばらくしたら、伊賀むつみから報告の電話かメッセージがくるだろう。

このまま起きていよう。

隣の部屋はしんとしている。二人とも、夢の中にいるのだろうか。

——からんころん、と下駄を鳴らしながら、ゆりさんが頭の中を歩きまわる。

からんころん。からんころん。

暗い道を彼女は一人で歩いている。

揺れる後《おく》れ毛《げ》。

ゆりさん、とぼくが呼ぶと彼女は振り向く。彼女が差し出す手を、ぼくは握る。やわらかな手を強く握るけれど、彼女は握り返してはくれない。それでもぼくの手の中にとどまってくれているだけで、ぼくはとても嬉しい。

星野響がぼくの隣を歩いている。

黙り込んでいるのは、ぼくに怒っているからだ。ぼくは慌ててゆりさんの手を放す。すると彼女の姿は煙のように消え去る。

ぼくと彼は黙ったまま並んで歩いていく。

暗い道を。

どこへ向かっているのかわからない。でも歩くのをやめることはできない。

ぼくらはずっと肩を並べて、何も見えない闇の中を歩き続ける。

うつらうつらしながら朝まで待ったが、伊賀むつみから連絡が来ることはなかった。


翌日のぼくのシフトは遅番だった。

そして、星野響は珍しく欠勤だった。

彼の代わりに出勤することになったまどかさんは、

「夏風邪ですかね」

と疲れた顔でぼくに訊いてきた。

「さあ……」

「夏風邪、流行ってるんですよ。夏風邪だな、きっと」

そうなんだろうか。

もし星野響が風邪をひいたのなら、ゆりさんも風邪をひいたかもしれない。

昨夜は夜遅くまで川風に吹かれたから。ぼくのせいで。

休憩時間に星野響にメッセージを送ってみた。

しかし、その日の仕事が終わっても、返信はおろか、既読にすらならなかった。

コンビニエンスストアに寄って、おかゆとヨーグルトとポカリスエット、それに自分が食べる冷やし中華を買った。

アパートに着いてから、星野響の部屋のドアをノックして、「今川ですけど」と何度か呼びかけてみた。

しかし応答はなかった。

中に人がいる気配がない。

仕事を休んでまでどこへ出かけたんだろう。まさか、具合が悪くなって病院にいるとか？

テレビを見ながら冷やし中華を食べていると、隣の部屋から鍵を開ける音がした。

割り箸を持ったまま部屋を出ると、星野響が部屋に入ったところだった。

「星野さん」

ドアをノックして、「今川ですけど」と言うと、「はい」とすぐに返事があった。

それきり彼は何も言わないし、ドアも開かないので、

「風邪でもひいたんですか?」

と訊ねた。

「いえ」

なんだか声の調子がおかしい。

「メッセージが既読にならないので心配しました。具合でも悪いのかと思って……」

「すみません」

やはりおかしい。でも、何がどうおかしいのかわからない。

その時ふいに昨日の夢を思い出してドキッとした。ゆりさんに抱いているぼくの想いに気づいて気分を害しているんだろうか。まさか。

体が熱くなり、脇の下とてのひらに汗がにじんだ。

「失礼しました」

返事はなく、ぼくは肩を落として部屋に戻った。

水を一杯飲み干して、少し冷静になって考えてみる。

夢は夢だ。

ゆりさんへの想いを知られるようなことはしていない。

ではなぜ、彼はあんなそっけない態度をとったんだろう。

何かあったんだ。でも何が？

……ゆりさんと何かあった？

昨夜、あのあと喧嘩でもしたとか？

ゆりさんにメッセージを送ろうかと思ったけれど、文面を考え出せずに一時間が経過した。

歯を磨いている時に、そうだ、花火大会に誘ってくれたお礼なら不自然じゃないと思いついた。

それで歯ブラシを口に入れたままメッセージを送った。


今川広夢：昨夜は花火大会楽しかったです。

　途中で寝てしまって迷惑をかけてしまい、すみませんでした。

　夏風邪が流行っているそうなので、気をつけてください。


歯磨きを終えると、お風呂《ふろ》に入った。ぬるめのお湯でゆっくり入った。

バスタオルを腰に巻いて出てから、スマートフォンを真っ先にチェックした。

アプリのメッセージが届いている。

伊賀むつみからだった。

ゆりさんからではない、と、がっかりしたのは一瞬で、そうだ、清香さんはあれからどうなったんだろうと、慌てて開いた。


むつみ　：ご報告が遅くなってすみません。清香は今、わたしの部屋にいます。

だいぶ気持ちも落ち着いて、今はわたしのベッドで眠っています。

今川さんにひどいことを言ったと後悔していました。

どうか清香のことを許してあげてください。

また何かあったらこちらから連絡します。

では、また。


何度か読み返して、これでよかったんだろうかと考え込んだ。

伊賀むつみに清香さんを押し付けた形になってしまったんじゃないだろうか。あの状況では、彼女は清香さんを受け入れざるを得なかったはずだ。

でも、清香さんは怒りを抱いているぼくのところには決して来なかっただろうし、あのまま放っておけば最悪な行動に出たかもしれない。そうなったらぼくは、何もしなかった自分を責めただろう。

今、清香さんは伊賀むつみのベッドで眠っている。少しは安心して心身を休められるはずだ。伊賀むつみの負担にはなっているだろうけれど、清香さんにとってはよかったと思うしかない。

今川広夢：ぼくにできることがあったら何でも言ってください。
お金のことでもできる限り協力したいと思います。
遠慮せずに相談してください。
連絡、待ってます。

ぼくはそう、伊賀むつみにメッセージを送った。
そして、自分の銀行の預金通帳を開いて残高を見た。五十万と百十二円。
これを全部、清香さんに貸したっていい。返してもらうのはいつでもいい。
伊賀むつみからメッセージが届いた。

むつみ　：ありがとうございます。遠慮せずに相談します。
でも今は安心していてください。では。

そのメッセージを確認したぼくは、耳をすました。
隣の部屋からは、誰もいないかのように物音がしない。
星野響は寝てしまったんだろうか。
スマートフォンに視線を落とす。

ゆりさんから返信が来ない。既読にもならない。

台所にはコンビニエンスストアで買ってきたおかゆが買い物袋に入ったまま置いてある。それは翌朝のぼくの軽い朝食になった。


数日後に職場で会った星野響はいつもどおりの彼だった。

顔色は悪いが、カウンターでは声もよく出ていたし、休憩時間には彼のほうから笑顔で話しかけてきた。

「この前は花火、綺麗でしたね」

「本当に綺麗でしたね。あ、浴衣をゆりさんに返したいんですけど、今度はいつ、遊びに来ますか？」

星野響の様子に少しだけほっとしながら、ぼくはそう訊ねた。

「ぼくが預かって返しておきます」

彼は笑顔でそう言った。

「そうですか」

本当は直接返したかった。

「素敵な浴衣を貸してくれてありがとうございましたと伝えておいてください。ゆりさん、元気にしてますか？　夏風邪とか、ひいてないといいんですけど」

星野響はただ微笑んで頷き、マグカップを持って席を立った。

あれからというもの、いくら待てど、ゆりさんから返信はない。既読にすらならない。ちゃんと送信されていないのではと疑ったけれど、そんなはずはない。ちゃんと彼女にメッセージは届いている。ただ、彼女が返信をくれないだけだ。

星野響が戻ってくると、ぼくは交替するように給湯室でマグカップを洗い、次の持ち場に向かった。

11 じゃり

明らかにおかしい。

何か、穏やかではないことがぼくの知らないところで起こっている。

今まで、ほぼ無遅刻無欠席で働いていた星野響が、決まっているシフトに入らなくなった。

理由は『病欠』だと上司であるリーダーの女性が教えてくれた。

「風邪らしいよ」

風邪?

本当に?

休憩所のテーブルに置かれているシフト表の、彼の名前の欄《らん》を指先でなぞる。

彼が入るはずのシフトの部分に赤いバツ印がいくつもついている。

本当に風邪ならメッセージアプリの返信ぐらいできるはずだ。

彼にメッセージを送っても電話をしても、まったく連絡がつかない。

それはゆりさんも同じだった。

二人とも、どうしてしまったんだ。

あの花火大会の日、ぼくたちは最高に楽しい時間を過ごした。

彼らはとても愛し合っているように見えた。

あのあと、いったい二人に何が起こった？

風邪が治ったのか、その後しばらくして、星野響は職場に復帰した。

でもまたすぐに『病欠』で休んだ。

そしてまた職場に現れても、彼は明らかに以前とは何かが違っていた。

笑顔がない。生気がない。

他のスタッフや利用者に作り笑顔で対応はしている。でもそれは以前の彼の笑顔とはまったく違うものだった。まるで精巧にできた笑顔の仮面をつけているかのようなのだ。

そしてぼくに対してはまったくの無視だった。

というか、避けられている。

話をしようとぼくが近づこうとすると、すぐに察知されて逃げられてしまう。

ぼくは知らない間に、星野響にひどいことをしてしまったのだろうか。それとも、彼のほうにぼくと話したくない理由があるのだろうか。

ゆりさんとも連絡がとれない。

星野響だけがぼくを避けているのなら、ゆりさんは間を取り持とうとしてくれるはずだ。

でも、ゆりさんからもぼくはシャットアウトされている。

つまり、二人からぼくは拒絶されている。

こうなる前に、たぶんぼくにはできることがあった。

彼らの異変に気づいていたのだから。でも、何も行動を起こさなかった。

その報いがこの現状なのだろう。

星野響とゆりさんは、ぼくに失望したのかもしれない。

あるいはもう、ぼくのことなんて、どうでもいいのかもしれない。

彼らが抱えている『何か』に対処するのにかかりっきりで、ぼくになんかかまっていられないのかもしれない。

食欲が失せて、徐々にぼくは痩せていった。

何を食べても砂利《じゃり》を食べているような気がする。

望まずに痩せる、ということは、心も痩せさせることを、ぼくは初めて知った。

12　シナモンロール

近所においしいパン屋がある。

小さい店構えで目立たないけれど、知る人ぞ知るパン屋だ。

『デイジー藤沢《ふじさわ》』というお店で、デイジーの鉢植《はちう》えが店の前に並んでいる。

店主は中年の小柄な男性で、ドイツで修業してきたという本格派だ。作るものがどれも洒落ていて、しかもすべてがおいしい。

ぼくは新作が出るとすぐに買って、味を確かめてみるようにしていた。がっかりしたことは一度もない。

惣菜《そうざい》パンもおいしいけれど、フルーツがのったデニッシュやタルト、それにシンプルなドーナツも素晴らしくおいしい。

ブルーベリーのデニッシュとドーナツを三つずつ買って、伊賀むつみの家に行ったのは土曜日の午後だった。

部屋はワンルームで広くはないが、整理整頓《せいりせいとん》されている。

壁には男性アイドルや女性モデル、女優など、美男美女のポスターが壁が見えないぐらい貼りつけてある。本棚には大学の授業で使う本の他にメイク本やファッション雑誌、モデルが書いたエッセイ本などが並んでいる。

清香さんは白いタンクトップに黒いショートパンツ姿でソーダ味のガリガリ君を食べながら漫画を読んでいた。

「何読んでるんですか？」

とぼくは床に腰をおろしながら清香さんに訊ねた。

「ん」と言って彼女は表紙を見せてくる。

「ああ、それ面白いですよね」

「へえ、漫画も読むんだ」

彼女はページをめくりながら興味なさそうに言う。

「読みますよ。漫画喫茶《まんがきっさ》とか時々行きますから」

「へえ」

「漫画喫茶って行ったことないです。面白いですか？」

と、伊賀むつみが冷蔵庫からアイスコーヒーの紙パックを取り出しながら訊ねてきた。

「あ、今川さん、お砂糖とミルクは？」

ぼくは軽く首を横に振ってから答える。

「どっちもいりません。漫画喫茶、面白いですよ。漫画好きならおすすめです。色々な雑誌もありますし」

「ソフトクリーム食べ放題、ドリンク飲み放題のところもあるんだよ」

清香さんはそう言ってからガリガリ君をくわえて、ページをめくる。

「そうなんだ。いいな。今度、行きません？　三人で」

伊賀むつみが目を輝かせる。

「基本、漫画喫茶は一人で行くものとぼくは考えているので……」

「あとカップルとかね」

清香さんがさらりと言う。

「清香、カップルで行ったことあるの？」

伊賀むつみが清香さんに訊ねる。

「あるよ」

そんな清香さんの言葉に、ちらっと伊賀むつみがぼくを見た。

まだ彼女は誤解しているようだ。

ぼくが清香さんのことを好きだと。

苺柄《いちごがら》のグラスに入ったアイスコーヒーに口をつけてから、買ってきたパンを袋から出してテーブルの上に置いた。

「パン、買ってきたんで食べませんか」

「わ、ありがとうございます。おいしそう」

「おなかすいてない。さっき焼きそば食べたから」

清香さんは素っ気ない。

「でも、デザートにいいんじゃない？」

伊賀むつみが気をつかって言ってくれたが、清香さんは無言で漫画のページをめくる。

パンを袋から出すと、ふわあっと甘い匂いが室内に広がった。

清香さんは漫画から顔をあげてちらっとパンを見た。ガリガリ君はもう棒だけになっている。

「食べていいですか？」

伊賀むつみがデニッシュを指差した。

「どうぞ」

二人でデニッシュを食べていると、清香さんも漫画を置いてテーブルにつき、デニッシュを手に取った。

まずはじっとデニッシュを見つめ、それから顔を近づけて香りを嗅ぐ。それから、ぱくりとかぶりついた。

「おいしい……」

清香さんは一番先にデニッシュをたいらげると、ドーナツを食べ始めた。

黙々と食べ、食べ終えると小さく息をつき、「ほんとにおいしい」と呟いた。

「よかった」

ぼくがほっとしてそう言うと、清香さんは鼻のわきをぽりぽり指先でかいた。

「この前はごめん」

「いえ、こちらこそ」

「ひどいこと言ったよね、わたし」

「もう忘れましたから」

それでも彼女は喋り続けた。

上司でもあり恋人でもあった年上の男性と同棲《どうせい》していたこと、自分の浮気がバレて大喧嘩にな
り、別れを告げられて家を追い出されたこと。

彼女には貯金というものがまったくなかった。

死んだ母親の治療費《ちりょうひ》などの借金は年上の元恋人に肩代わりしてもらっていたが、弟を学校に
通わせるために生活が苦しかった時に作った借金が残っていたからだ。

その返済のために貯金ができなかったのだが、不幸中の幸いとでもいうべきか、借金は二カ月
前に返済がすべて終わっていた。

「わたしがすごく困ることがわかってて追い出した彼を最初はすごく恨んだけど、でも自業自得《じごうじとく》
なんだよね。彼のこと、異性として好きだったことは一度もないし、浮気してたのは事実なんだ
から」

「浮気相手って誰なんですか？」

「近所のコンビニの店員さん。弟にちょっと似てたんだよね。年も同じで」

これいい？　と清香さんはぼくのドーナツに手を伸ばした。どうぞとぼくは頷いた。

彼女は目を細めてゆっくりとドーナツを味わった。

「その、弟さんに似ている彼とちゃんと付き合うんですか？」

「ううん。もう会ってない」

「なんでですか?」

「会わないほうがいいかなって」

清香さんはたぶん、彼のことが本当に好きなんだろう。

彼女はパン屋の袋を手に取って、

「デイジー藤沢」

と読み上げた。

そして、その袋を綺麗に折り畳んで、自分のお尻の下に挟んだ。


二日後、仕事が終わってスマートフォンを見ると、清香さんからメッセージが届いていた。

清香　：次の休みはいつですか?

それはちょうど翌日だった。午前中は大学の授業があるけれど、午後は予定がない。

清香さんに電話をかけてそのことを告げると、「『デイジー藤沢』に案内してくれない?」と頼まれた。

「パン屋の?」

『そう』

「いいですけど」

『じゃあお願い。二時に駅前で待ってて』

翌日、待ち合わせの時間に駅の改札口に行くと、既に清香さんの姿があった。

彼女は白い半袖シャツにベージュのスカート、黒いパンプスという清楚《せいそ》ないでたちをしていて、白いショルダーバッグを肩にかけている。薄く化粧をしていて、髪型も綺麗に整えてあった。

「どうも」

ぼくが声をかけると、彼女は小さく頷いた。

「歩いて行ける？」

「ここから歩いたら十五分ぐらいかかりますよ」

「ふうん。じゃあ歩いて行こう」

ひどく暑い日だったので汗だくになるのが予想できたが、彼女はかまわないようだった。

タオルハンカチで汗を拭いながら、ぼくは訊ねる。

「今日、伊賀さんは何してるんですか？」

「アルバイトに行ってる」

「そうですか。『デイジー藤沢』のパン、そんなに気に入りました？」

「まあね」

日焼けした子供たちが声をあげながら走り抜けていく。わんわんいう蟬《せみ》の声。隣で彼女がたてているパンプスのカツカツという音。

昔のイメージからすると、今日の彼女はとてもしっくりくる。学級委員の清香さん。彼女は振り返ってぼくの目をじっと見つめた。

「様子がおかしいお友達とはその後どう？」

「……愛想《あいそ》をつかされたようです」

「どういうこと？　喧嘩……はできないよね、君は。なんかしでかしたんだ？」

「まあ……」

「せっかく友達できたのに残念だったね」

清香さんの声音《こわね》に皮肉っぽいところはなく、本当に残念だと思ってくれているようだった。

「気にしてくれてたんですね」

「気になるようなことを言うからさ」

それきり彼女は口を閉ざしてしまった。

パン屋に着くと、彼女はちょっと驚いたような表情を浮かべた。たぶん、想像以上に店がこぢんまりしていたからだろう。

中に入ると、店内には他に客がいなかった。

「お昼時はいつも混んでます。レジには行列ができますよ」

清香さんは頷いて、店内に並んだパンを端から端まで見ていった。

ぼくはトレイを取って、白身魚のフライのサンドイッチにピザ、デニッシュ、ドーナツを載せた。

「どれにします？」

清香さんは店の奥にある厨房《ちゅうぼう》のほうをじっと見ていた。

レジにいる若い女性従業員は、クッキーをせっせと袋に詰めている。

「清香さん？」

彼女は振り返ると、アボカドと蒸し鶏のサンドイッチを指差した。

「これにする」

ちょうどその時、奥の厨房から小柄な店長がマフィンを載せたトレイを運んできた。

大粒の四角いチョコレートがたくさん入っている。チョコレートが焼けたほろ苦くて甘い香りがあたりに広がった。

店長は、「いらっしゃいませ」と呟くように言いながら棚にマフィンを置く。

「それも」

と清香さんはチョコレートのマフィンを指差した。ぼくは二つトレイに載せた。

店を出ると、清香さんがなんだか弾んだ声で訊ねてきた。

「公園とかない？」

「ありますよ」

自動販売機で冷たい飲み物を買ってから、近くの公園に彼女を連れていった。

公園には、おじさんがベンチに寝ている他は誰もいなかった。

空いているベンチに腰をおろすと、すぐに鳩《はと》たちがまわりに集まってきた。

「仕事が決まったの」

彼女はアボカドと蒸し鶏のサンドイッチを手に取りながら言った。

「明日から働く」

「おめでとうございます。よかったですね」

彼女は真剣な顔つきでサンドイッチにかぶりついた。

「うわ、おいしい」

ぼくは白身魚のフライのサンドイッチを食べた。二切れ入っている。

「それ、おいしい？」

「おいしいですよ。あそこのお店のパン、全部おいしいですから」

「じゃあ、一切れずつ交換しない？」

「いいですよ」

「やった。あのさ、おめでとうって言われるような仕事じゃないんだよ。単純作業だもん」

どんな仕事でも立派な仕事です、と言おうとしてやめた。彼女が言っているのはそういうことではないのだから。

「どうしても、ここのパンが食べたかったんだ」

ぼくは頷いた。

「わたし、夜の仕事をしてたの」

彼女は額の汗を手の甲で拭い、冷たいカフェオレを飲んだ。

「言えないようなことをしたこともある」

彼女がパンを細かくちぎって地面にばらまくと、いっせいに鳩たちが押し寄せてきた。彼らは翼を広げてばさばさと音をたて、ふんわりした白い羽毛を空中に舞わせた。

「弟に会いたい。会って謝りたい」

ぼくはデニッシュを差し出した。たっぷりとグレープフルーツが載っかっている。

「甘いものはあとで」

そう言って清香さんは少し笑った。

「おいしいですよ」

「わかってる」

彼女は白身魚のフライのサンドイッチを食べた。

「衣がカリッとしてる」

「すごいですよね」

「うん、すごい。本当に」

パンを食べ終えると、彼女は腰をあげてぱんぱんとお尻をはたいた。

「もうこれで、一人でも来られる」

そう言って笑った。

「ありがとう」

笑顔で、素直にお礼を清香さんから言われたのは初めてかもしれない。

彼女のなかで何かが変わりつつある、いや、既に変わっているのを感じた。そんな清香さんと会ったせいか、ぼくのなかでも何かが変わった気がした。


彼女と別れてから、また『デイジー藤沢』に行った。

さっき買ったパンをまたトレイに載せ、焼き上がったばかりのシナモンロールも三つ加えた。

アパートに戻ったぼくは、星野響の部屋をノックした。

汗をびっしょりかいていた。緊張の汗も交じっていただろう。

でも彼は留守のようだった。

星野響とゆりさんにも、このパンを食べさせたい。

たとえ彼らがそれを望んでいないとしても。

部屋に戻ると、渾身《こんしん》の勇気を出して、ゆりさんにメッセージを送った。

　今川広夢：今日は星野さんの部屋に来ますか？
　　　　　　もし来るなら、おいしいパンを買ったのでおすそわけします。

驚いたことに、返信がすぐにきた。

　ゆり　　：今日は行けません。ごめんなさい。

思いもよらない返信が、天に飛び上がるほど嬉しかった。

でもすぐに冷静になった。

返信の内容は断りのものだったのだ。それに短い文章からは何もわからない。

ただ、ゆりさんはぼくに怒っているわけでも、縁を切ろうとしているわけでもないと感じた。

そうでなかったら、「ごめんなさい」などとは言わないだろう。ただメッセージを無視して終わりのはずだ。

ということは、今まで返信がまったくなかったのは、ゆりさんが返信できない、あるいは、したくなかった、ということを意味する。

彼女に何が起こっているんだろう?

星野響なら知っているはずだ。

でも、彼は完全にぼくをシャットアウトしている。

隣に住んでいるというのに、まったく会えず、話せず、意志の疎通《そつう》がとれないなんて、普通じゃない。

ということは、普通じゃないことが、彼の身に起きているのだろう。

夕飯は彼らに食べさせることができなかったシナモンロールを食べた。

このシナモンロールは世界一おいしいと思う。

でも今日はそうでもないように感じられた。きっとそれは、シナモンロールのせいではない。

残った分は翌朝にまわした。

それでも食べきれないパンは冷凍にした。ぼくの心みたいに。

13　チェーン店の焼肉

八月の終わり頃、伊賀さんと清香さんとプールに行くことになった。

「海に行ったしプールはいいんじゃないですか」

そう意見したぼくに対して、伊賀さんは、

『清香が行きたいって言ってるんです。今度はちゃんと水着を着るそうですよ』

と電話の向こう側で含み笑いをしながら言った。

伊賀さんが、清香さんの水着姿につられてぼくが来ると思っていると考えると心外だった。

でも、せっかく誘ってくれたことだし、暇をもてあましていたので行くことにした。

向かったのは、流れるプールなどがある、広くて大きなプールだ。

「見たら殺す」

水着に着替えて、待ち合わせ場所で合流するなり、黒いラッシュガードと短パン姿の、全身黒でかためた清香さんはクールにぼくにそう言い放った。

殺されたくはないのですぐに地面を見た。

そんなぼくを見て、「よし」と清香さんは言う。

「もう、よしじゃないよぉ」

伊賀さんが笑いながら大きなピンク色の浮き輪で清香さんの足をつつくのが、視界の端に見えた。

「かわいそうだよ、今川さん」

「冗談だよ。顔あげていいよ」

清香さんの言葉に恐る恐る顔をあげると、ラッシュガードの前を開けた彼女の姿に目を奪われた。

白地に緑色の草花が描かれたビキニを着ていた。

伊賀さんは海の時とは違うオレンジ色のシンプルなビキニを着ている。

どちらもよく似合っていた。

「ラッシュガード脱いじゃいなよ。暑いでしょ」

伊賀さんが清香さんに言うと、「あとで」と清香さんは無愛想《ぶあいそう》に口をとがらせた。

それからちらっと清香さんはぼくを見た。

「今川ってさ」

二人はぼくを見てニヤニヤしている。顔を見合わせて、くすくす笑って。

なんだ？

ぼくも当然水着で、この日のために新調していた。特にお洒落でもなんでもない、茶色のハーフパンツの水着だけれど。

「ひと目見た時から、なんかに似てると思ったんだよね」

と清香さんがじろじろぼくの体を舐《な》めるように見ながら言う。

ぼくは両手でそっと胸を隠した。

「きしめん」

そう、清香さんはぼそっと呟いた。

きしめん？

「それって……食べる、きしめん、ですか」

念のためにぼくは訊ねた。

「うん。あれにそっくり。きしめん人間だね。白くて薄くて……ぶはっ」

清香さんは吹き出して大笑いし始めた。つられたように、伊賀さんも口を両手でおさえて肩を震わせて笑う。

「ひどい」

ぼくはそう言ったけど、あんまりにも二人が爆笑していてすごく楽しそうだったので腹は立たなかった。

それにしても、今日の清香さんは今までで一番楽しそうだ。

伊賀さんと目が合うと、ぼくの心の声が聞こえたかのようににこっと微笑んだ。

おそらく清香さんの生活は今、とても落ち着いているんだろう。

「きしめん、体力なさそうだけど、溺《おぼ》れないでよ。やだよ、水死体見るの」

ぼくのあだ名はこのまま『きしめん』になってしまうのだろうか。

屋根のある場所にレジャーシートを敷き、そこにみんなの荷物を置いた。貴重品はロッカーにしまってある。

清香さんはラッシュガードと短パンを脱いでビキニ姿になり、青いストライプ柄の浮き輪を膨らませ始めた。彼女はとてもしなやかな美しい体をしている。

「ぼくだって水死体になんてなりたくないですよ。大丈夫です。足がつくプールにしか入らないんで」

「そのほうがいいよ。ていうか、お子様プールに特別に入れてもらえば？」

清香さんの毒舌《どくぜつ》は相変わらずだ。でも、目は笑っている。そこが以前の彼女とは決定的に違う。

「そうしますかね」

ぼくが諦めたようにそう言うと、彼女は歯を見せてにかっと笑った。

最初にぼくが荷物番になり、二人をプールに送り出した。

二人とも子供みたいにはしゃいだ足取りでプールサイドを駆けていく。足元が濡れているから滑って転ばないか心配した。

二人はするりと水に滑りこむと、同時に歓声をあげた。水が冷たいんだろうか。

彼女たちは水を遠慮なく相手にかけあい、交互に、あるいは同時に水に潜ったりもした。

ぼくは膝を抱えて、遠くに見えるそんな二人の姿をぼんやりと眺めた。

楽しそうだ。

彼女たちの周囲にいる色とりどりの水着姿の客たちも。

カップルも大勢いる。彼らを見ていると、自然と星野響とゆりさんのことを思ってしまう。

ひときわ白い肌の女性がいて、面影《おもかげ》がどこかゆりさんに似ていた。

彼女が花火大会の時に着ていた、うつくしい浴衣姿が脳裏に鮮やかに甦《よみがえ》る。

たおやかな百合の花の柄。襟から伸びた白く細い首。鼈甲色《べっこういろ》の髪飾り。艶《あで》やかなまとめ髪。不意に振り返ってぼくに向けられた、星の光のように儚《はかな》くて可憐《かれん》な微笑み。

空を見上げると、入道雲がのしかかってくるようにもくもくと盛り上がっていた。

ゆりさん。

入道雲です。

見たがっていたけれど、もう見ましたか？

ゆりさんもどこかから、今、この入道雲を見ているのならいいのだけれど。

「おーい、きしめん！」

清香さんの声がぼくを現実に引き戻す。

でもどこから呼んでいるのかわからず、プールのほうに適当に手を振った。

ぼくらはそれから、交代で二人ずつプールに入った。

ぼくは一人で入るものだと思っていたけれど、なぜか清香さんが、

「せっかく三人で来たのに一人でプールに入るとか、いくらわたしでもそんな残酷な仕打ちはし

ないって」

と、強引にぼくをプールに連れていって、一緒に泳いでくれた。

清香さんや伊賀さんと二人きりでプールに入るのは照れ臭かったけれど、何もかも忘れて、『今』だけを感じることができた。

伊賀さんはぼくを水中に引っ張りこもうとし、清香さんは大胆にもぼくにおぶさってきたりした。そして二人とも、遠慮なくぼくの顔に水をぶっかけてきて大笑いした。

色々な目にあって疲れたけれど、それはとても久しぶりの心地よい疲れだった。

帰りは清香さんの提案で、チェーン店の安い焼肉屋で夕飯を食べて帰ることにした。

焼肉というと、どうしても星野響の部屋でゆりさんと三人で焼肉を食べた夜のことを思い出してしまう。あの時は、これから何度でもこんな楽しい時間が繰り返されると思っていた。

「きしめん、少しはスタミナつけたほうがいいよ。本当は高い焼肉おごってあげたいところだけど、わたしも安月給だし、君たちもまだ学生の身分でしょ。君らがいいところに就職したら初任給でおいしい焼肉屋に連れていってね。ここなら割り勘でも安くてたくさん食べられるからさ」

清香さんは柄《がら》にもなく優しい口調でさらりと言った。

ぼくが痩せたことには、当然二人とも気づいている。服を着ている状態でもわかっただろうが、半裸まで見せたんだから。

「そのままじゃ、きしめんどころか、そうめんみたいになっちゃうよ。ガッツリ食べなよね」

清香さんは、肉が焼けるそばから、どんどんぼくの皿に肉を放り込んでくる。

「何があっても食べるの。しんどい時こそ食べる。じゃないと、いざって時、動けないよ」

清香さんが言うと説得力がある。

過去に辛いことがあって食欲がない時、無理をしてでも食べたことがあったんだろう。

「食べます」

ぼくはがつがつ食べた。プールで泳いだせいか、久しぶりに空腹を感じていた。

「野菜もね」

伊賀さんはサラダを皿にたっぷり盛り付けてくれた。

「ありがとう」

清香さんはトングでぼくの皿を指差した。

「ほらほら、肉は早く食べる。冷めたらおいしくないからね」

「……はい」

新しい肉を鉄板に並べていきながら、清香さんは続ける。

「今川もいろいろあるんだろうけど、わたしたちといる時は全部忘れて楽しく過ごしなよ。悩み事があるならいつでも相談に乗るし。わたしたちも今川に相談したいし」

伊賀さんも笑顔で頷いた。

「今川」

投げやりにぼくを呼ぶ清香さんの耳が少し赤い。

「ビールでも飲む？　さっきはいらないって言ってたけど、やっぱ飲みなよ。酔っぱらっちゃえ」

飲んで、気持ちよく酔いたいところだけど、やめた。

願掛けではないけれど、次にビールを飲む時は、星野響とゆりさんと一緒の時がいい。

「今は酔っぱらったら寝ちゃいそうだからやめときます。二人は遠慮しないで飲んでください」

「しょうがないきしめんだね」

清香さんは苦笑いして、

「じゃ、むつみ、せっかくだから少しだけ飲もうか」

と店員を呼ぶために手をあげた。


九月も下旬となると、もう暑さもだいぶやわらいできて、秋めいた服装の学生が増えてくる。

夏休みが終わった大学は、まだ夏の余韻《よいん》を残していて、気だるげな空気が講義室に漂っていた。

そんな余韻を蹴散《けち》らすような、テンションの高い声が、突然ぼくの鼓膜《こまく》を震わせた。

「あのっ」

びっくりして顔をあげると、そこに女の子が立っていた。

ワインカラーのワンピースに黒のエナメルの高いヒールの靴を履いた黒髪のロングヘアの女の子だ。

本を読んでいたぼくは、彼女が近づいてきたことにまったく気づかなかった。

「覚えてますか？　わたしのこと」

そう、女の子がぼくに訊ねてきた。

「え?」

「以前、試験前にノートを借りた者です」

そういえば、なんとなく記憶にある。

ノートを貸してくれと頼んできたから、ノートのコピーを渡した男子学生……もう名前を忘れてしまった……に見せてもらうように言った子だ。

「あの時はありがとーございました! すっごく助かりました!」

「……あ、はい」

そうだ。この子だ。

お礼ならずっと前に言われた。学食で偶然会った時に。だから、もう充分だ。

また、お礼を言うために話しかけてきたのか?

濃いメイクをしないほうが可愛い気がするその女の子は、うふふふっと笑った。なんで笑ったのかはわからない。

「わたし、中川愛奈《なかがわあいな》っていいます」

沈黙が訪れた。

彼女はぼくをじっと見つめている。

自己紹介をしろ、ということか。

「今川広夢です」

中川愛奈はにこっと八重歯《やえば》をのぞかせて笑った。

「隣、座ってもいいですか?」

ぎょっとしたが、ぼくの返事を待たずに彼女は隣の席に腰をおろした。

そしてぼくに笑いかけて言った。

「今度は今川さんのノートを借りなくてすむように、ちゃんとノート、取りますね」

それは当たり前のことだったけれど、彼女にとってはすごいことのような表情を浮かべていたので、「がんばってください」とぼくは言った。

彼女は講義が始まるまで、いろいろぼくに話しかけてきた。それをぼんやり聞き流しながら相槌《あいづち》を打っていると、いつの間にか星野響のことを考えていた。

彼も夏休みが終わり、今は大学に通っていることだろう。おそらく。

図書館の仕事で彼は『長めの夏休み』をもらっていたので、夏休み中はほとんど会わなかった。

夏休みが終わった今は、シフト表を見ると彼が仕事に出ている日があるのだが、ぼくと一緒になる日がまったくない。

もしかすると、ぼくと一緒にならないようにシフトを組んでくれと、上の人に頼んだのかもしれない。

もしそうだとしても、彼が働ける状態でいるということは、ぼくを安心させた。

ゆりさんにはたまにメッセージを送る。けれど、返信はまったくこない。既読にもならない。

「聞いてます?」

中川愛奈が突然、顔を間近に寄せて覗きこんできたので、うっとのけぞった。

彼女はにこっと笑い、ぼくのノートを指差した。

「参考にしたいんで、またちょっとだけ見せてくれません？　すごく綺麗にノートとってますよね」

そう言われても、他人のノートを見たことがないから比べようがない。

ぼくの顔はひきつっていたはずだが、中川愛奈は怪訝《けげん》な表情をするでもなく、にこにこ笑っている。変わった子だ。

それ以来、フランス文学の講義では、中川愛奈はいつもぼくの隣の席に座るようになった。

ある日も、講義が始まるのを待って本を読んでいると、中川愛奈が隣に座ってぼくの手元を覗き込んできた。

「おっはよー。何読んでるの？」

「本です」

「それはわかるよー。あ、これ知ってる！　へえ、やっぱ、まじめだね。ちゃんとフランス文学の授業前には、フランスの小説、読んでるんだ」

ぼくはフランス人作家、フランソワーズ・サガンの『悲しみよこんにちは』を読んでいた。まだ読んだことがなかったから。

「面白い？」

「まあまあ面白いです」

「わたし、実は女性作家って少し苦手なんだけど、その小説は案外好き」

中川愛奈はノートや筆記用具をピンク色のトートバッグから取り出しながら言った。

意外だった。彼女が小説を読むなんて。

文学部に在籍しているからといって、みんなが小説を読むとは限らない。

「中川さんは……けっこう小説を読むんですか？」

「うん。小説、大好きだもん。だからこの学部選んだわけだし」

「そうですか……」

「だからこの学部選んだわけだし、なんて言ってて、これまで真面目にノートとってないのは説得力に欠けるよね」

「退屈な講義もありますから」

ぼくがそう言うとぱっと彼女の表情が明るくなった。

「そうなの！　ねね、この講義もちょっと、いや、だいぶ退屈じゃない？」

「それはノーコメントで」

ぼくにはそう退屈な講義ではないけれど、学生に興味を持たせようと講師が骨を折っているわけではなさそうなので、退屈と感じる学生がいても無理はない。

「察しました」

彼女はやけに嬉しそうにしている。

「今川さんて、いかにも純文学が好きそう。違う？」

「違わないです。いろいろ読みますけど」

「やった！　わたしもこんなだけど、純文学好きなんだ。同志ができたー！」

中川愛奈が笑顔でばんばんぼくの背中を叩いたので、ぼくはむせた。


彼女は、大学でぼくを見つけると声をかけてくれるようになった。

同じ講義では隣に座り、待ち合わせて一緒に学食でお昼ご飯を食べることもあった。

中川愛奈のことを、ぼくは清香さんに話した。

「以前のぼくなら誰かと……特に異性と、普通に話したりできませんでしたけど、なぜか普通にできてます。それはきっと、清香さんと伊賀さんのおかげだと思います。ありがとう」

『お礼なんていらないよ』

清香さんは電話の向こう側で明るい声で笑った。

『今川には借りがあったから、それを少しでも返せたのならよかった』

「借り？」

『わたしが一番大変な時、暴言吐いて罵《のの》ったのに、むつみに連絡してわたしを助けてくれたじゃん。そのこと、ずっと感謝してたんだよ。いつかお礼しないといけないって思ってた。だからもし、今川が少しでも社交的になれるきっかけにわたしがなれたのだとしたら、本当によかった』

「ぼくは何もしてないです。伊賀さんに清香さんを押し付けたようなものですし……」

『そんなふうに思ってたの？　ばっかだなあ。あの時のわたしは、自分からむつみに助けて欲しいって言えなかったよ。迷惑かけるのわかってたし。でも、今川がむつみに話してくれたから、むつみのほうから助けてくれた。それで、今のわたしがあるんだよ……ほんと、今川には感謝してる』

清香さんはそれきり黙り込んでしまった。

「じゃあ、もう貸し借りなしってことで」

ぼくがそう明るく言うと、ずずっと鼻をすする音が聞こえた。

『おう』

いつもの堂々とした清香さんの声が、耳の奥で大きく響いた。

14　焼きいも

十一月になると、紅葉を見に観光客が京都に押し寄せていると、人波の映像がテレビに流れ始めた。

ぼくは相変わらず本ばかり読んでいる。

家にいると隣の部屋が気になるので、近所の図書館で読むことが増えた。

「やあ」

ある日、その図書館で知らない男に声をかけられた。

彼はぼくが耳にはめていたイヤホンを勝手に外して、にこにこしながら隣の椅子に腰をおろす。

「覚えてる？」

黒いニットにデニムパンツ姿の男は清潔感のある黒い短髪で、ほのかに香水の香りを漂わせている。

「これ、返そうと思って」

ボールペンを差し出してきた。

それを見たぼくは、けっこう前にこの図書館でボールペンを貸した男のことを思い出した。

「思い出したみたいだね」

男の言葉に、正面に座っている白髪《しらが》の女性が、しーっと人差し指を唇につけてぼくたちのことを睨む。

「あ、すみません」

彼は軽く頭を下げると、ぼくに向かって悪戯《いたずら》っぽい笑みを見せた。

「出られる？」

彼は出口を指差して、小声で訊ねてきた。

ぼくは読みかけの本を自動貸し出し機で貸出処理をしてから、男と一緒に図書館をあとにした。

外に出ると男は大きく伸びをして、歩き始めたので、ぼくはついていった。

「おれ、須崎隆《すざきたかし》っていうんだ。君は？」

「……今川広夢です」

「いくつ?」

「二十歳です」

「大学生?」

「はい」

「おれは三十五歳で、舞台を中心に役者やってるんだ。まあ、バイトしないと生活できてないから、フリーターみたいなもんだけどね。広夢と初めて会った時さ、オーディションのことでマネージャーに連絡しないといけなかったんだけど、書くものなくてさ……それで声かけたんだよ」

そうだったのか。

「スマホにメモ機能もあるけど、スマホが壊れてデータがおじゃんになったことあるから信用できないんだよね。だからいつもは書くものと紙は持ち歩いてるんだけど、たまたま忘れちゃってさ。聞いてよ、でさ、そのオーディション、なんと合格したんだよ。広夢のおかげといっても過言ではないな」

彼はぼくに向かって両手を合わせて目を閉じて拝《おが》んだ。

「そんなことないですよ。……須崎さんの力でしょう」

彼はぱっと目を開くとくしゃっと笑った。

「いやでもほんと、広夢にボールペン借りてから、急に運がまわってきたように思えてしかたないんだよ。突然仕事が増えて、テレビにもちょい役だけど出られたりしてさ。舞台も決まってるし、このまま順調にいけばバイトも辞められて、役者一本でやっていけるかも。だから、あのボールペンはおれにとってのラッキーアイテムなわけ」

「よかったですね」

「テンションひくっ！」

豪快《ごうかい》に笑った彼はむせたのか咳込《せきこ》んだ。

「大丈夫ですか」

「お、おう」

早足で彼は次の角を右に曲がった。

「どこ行くんですか？」

少し不安になって訊ねた。

「寿司屋。お礼に寿司おごるよ」

「え、そんないいです」

「いや、ずっと前から決めてたんだよ。また会えたら寿司おごろう、って。そこ、すごくうまいんだけど安いから気にしないで」

小さな店構えの寿司屋にすっと彼は入り、ぼくも続いて店内に入った。店はけっこう混んでいて賑《にぎ》やかだった。

千五百円の特上ランチを食べている間中、須崎は喋り続けた。

「三十五歳にもなってバイトしてるとさ、やっぱり世間からは冷たい目で見られるんだよね。大学生の同僚がさ、休憩室でおれのこと話してるの、聞いたことあるんだ」

須崎はその時のことを思い出したのか苦笑いを浮かべた。

「『三十超えてフリーターなんて、絶対ありえないでしょ。役者っていったって、あの年で芽が出てないなら諦めたほうがいいですよね。っていっても、もうまともな職にはつけないだろうけど。残念な人ですよね』って」

彼は味噌汁《みそしる》をずずっとすすった。

「まあ、普通、みんなそう思うよね。だから別に腹は立たなかった。それにさ、実際今、こうして運が向いてきてるわけだから、人生、何が起こるかわからない。何より、諦めるってのがおれは一番嫌いでさ……あ、ごめん、マネージャーからだ」

彼はスマートフォンを持って店の外に出て行った。

五分ほどで戻ってきた彼は、両手を合わせて頭を下げた。

「すまーん。急に打ち合わせが入った」

「忙しいことはいいことです。頑張ってください」

「さんきゅ。広夢はゆっくり食べてってくれよな。あ、これ、おれの連絡先。電話してくれる？相談したいことがあるから」

相談？

「……はい」

渡された名刺の裏には電話番号がボールペンで書かれていた。

食べ終わって寿司屋を出ると、須崎から返されたボールペンを取り出してみた。ありふれたボールペンだ。

驚いたことに、インクが空になっている。思わず吹き出した。

それにしても、相談したいことって何だろう？

とりあえず、スマートフォンの連絡先に須崎を登録した。

部屋に帰ると、図書館で借りてきた本の続きを読んだ。

読むのに疲れると、コーヒーを淹れて、窓の外を眺めながらゆっくり飲んだ。

耳をすましても、隣の部屋からは何も聞こえてこなかった。話し声の断片が漏れ聞こえてきた時のことが、ずっと昔のことのように思える。

なんとなく壁に貼った写真を眺めてみた。花火大会の時に撮った写真。百合の柄の浴衣を着たゆりさんを挟んで星野響と三人で写っている。ぼくとゆりさんだけの写真もある。

彼女のほっそりとしたうなじや、真っ白な耳の裏や、白い花弁のようにやわらかそうな足の指が思い出される。

打ち消すように視線をずらすと、そこには清香さんと伊賀さんと三人で写っている写真があった。

海に行った時のものだ。

女優の写真集から取り出して、今は壁に貼っている。

プールや焼肉店で撮った写真もある。

それらの写真から視線をそらし、自分の部屋を見まわした。

本棚のキャラメルは片付けた。

かわりに植物が増え続けている。

なるべく洗濯物をためないように、こまめに洗濯をしている。

毎日一回は窓を開けて空気を入れ替えている。

掃除機も一週間に一度は丁寧にかける。

寝具もこまめに洗っている。

星野響をお手本にして、シンプルだけれどセンスのいい服を選ぶように気をつけている。

髪も毎月切りに行っている。

毎日きちんと風呂に入り、綺麗に体を洗っている。

全部当たり前のことだろうけど、以前のぼくならしていなかったことがいくつもある。

「彼女でもできました?」

なんてまどかさんに訊かれたぐらいだ。

訊かれたというか、探りを入れられた。

「できたら言いますよ」

「言わないでしょ。今川さんはそういう人です」

「まどかさんはどうなんです。彼氏はできたんですか」

彼女は、え? という表情を浮かべた。

「へー、そういうの興味あります？　珍しい」

「いえ、別に……」

「ちょっとぉ……別にって何ですか。興味持ってくださいよ。女子なんですから傷つきますよ、そういうの」

「すみません」

ぼくがくすっと笑うと、まどかさんは目を丸くしてぽかんと口を開けた。

「今川さんて、そんなふうに笑うんだ。なんか、変わりましたね。やっぱり彼女、できたんじゃないですか？」

「残念ながら」

ぼくはまたくすっと笑って、そう答えた。


ある日、仕事帰りに近所のスーパーマーケットに寄った。

カップラーメン、牛乳、食パン、インスタントコーヒー、唐揚げ弁当を買って外に出ると、店頭で石焼きいもを百円で売っていた。

「焼き立てだよ！」

ぼくの足が止まったのを売り場のお兄さんは見逃さずに声をかけてくる。

「一つでいい？」

買うと言っていないのに、新聞紙にくるみ始めていた。

「食物繊維《しょくもつせんい》豊富。便秘にもいいからそこの奥さんもどう?」

通りかかった主婦に声をかけるお兄さんに、百円を渡して、焼きいもと交換した。

「ここで食べていいですか」

「いいよー」

その言葉に、焼きいもに齧《かじ》りつくと、ほくほくで、甘かった。

焼きいもなんて何年ぶりだろう。

ふと視線を感じて振り返ると、そこに星野響が立っていた。

彼は黄色い自転車にまたがっている。

「どうも」

彼はぎこちない笑みを浮かべて、言葉を続けた。

「焼きいもですか」

「はい。おいしいです」

彼は自転車から降りて、店の脇にとめた。

そして焼きいもを買って、ぼくの隣で食べ始めた。

彼と二人きりになるのは本当にすごく久しぶりだった。

なんで声をかけてくれたんだろう。

なんで一緒に焼きいもを食べてくれてるんだろう。

会話はなくて、ただ黙々とぼくらは焼きいもを食べ続けた。

星野響は焼きいもを四分の三ぐらい残してリュックサックにしまった。

彼はすっかり痩せてしまっている。

頬がげっそりとこけ、ウインドブレーカーからのぞく手首は子供のそれより細かった。

食べ終わっても彼はぼくの隣にいた。そして自分のコンバースの黒い靴の先をじっと見つめていた。

「星野さん」

ぼくが呼びかけると、彼ははっとしたように顔をあげた。そして、ぼくから離れた。

それから手を振りながら、

「じゃあ、おやすみなさい！」

と精一杯の声をあげた。

黄色い自転車にまたがり、雲の上にいるようにふわふわとペダルをこいでいる。

そして、アパートに帰るには遠回りになる最初の角で曲がって、ぼくの視界から消えた。

15　からくない麻婆豆腐　柚子《ゆず》

ゆりさんがポインセチアと手書きのレシピノートを持ってぼくの部屋に来てくれた時、それだけでもう胸がいっぱいになった。

手を貸して靴を脱がせ、部屋にあげた。

クッションを置くと、彼女はそこにゆっくりと横になった。

「ポインセチアっていうの」

赤い葉っぱの鉢植えを指差す。

「クリスマスっぽいでしょ」

「ぼくにくれるんですか」

「うん。飾って」

「飾ります。ありがとうございます。すごく、綺麗です」

「それと、これを響に渡してくれる?」

ゆりさんが持っていたノートを受けとってから、「見てもいいですか?」と訊ねた。

彼女が小さく頷いたのでノートを開く。

料理の写真と手書きのレシピが載っていた。

一品だけだ。

料理の名前は、『からくない麻婆豆腐』。

「響が一番好きな料理なの」

「自分で渡さないんですか?」

「時期がきたら、今川さんから渡して」

黙っていると、彼女はにいと笑った。

「今川さん、ありがとう」

体が震えた。

彼女が身を起こすのを手伝うために、つめたい手に触れた。

その時、向日葵のピアスを思い出した。まだ彼女に返していない。本棚の一番上の右端の本の前に置いてある。

「好きです」

両手で彼女の凍《こご》える手を包んだ。でもぼくの熱では手は温まらなかった。

ふう、と彼女は何かを整えるように息を吐き出して、また、にいと笑った。

「ありがとう、今川さん」

そっと彼女を立たせ、それから、星野響の部屋に連れていった。

ぼくらを見ても、彼は何も言わなかった。

ゆりさんを彼の手に渡すと、

「ありがとうございます」

と彼はぼくに頭を下げた。

ぼくも頭を下げた。

ドアが閉まる時、彼女が振り返ろうとした。

でもドアが閉まる方が早くて、彼女の表情は見えなかった。

それがゆりさんと会った、最後だった。

冬至《とうじ》の日に柚子を持って星野響の部屋に行った。

彼はいなかった。

柚子を入れたビニール袋をドアノブにかけて、『ゆず湯にどうぞ』と書いたメモ用紙を添えた。

翌日も、その翌日も、そのビニール袋はそのままだった。

三日後の夕方、ビニール袋はなくなっていた。

図書館の仕事を彼は一週間休んでいた。

このまま辞めるんじゃないかと、まどかさんたちは噂をしていた。

何か聞いているかと訊かれて、何も知らないと答えた。

本当に何も知らなかったし、もし知っていたとしても話さなかっただろう。

結局彼はそのまま図書館の仕事を辞めた。

アパートにもずっと帰ってきていないようだった。

そうしてこのままもう二度と会えないかもしれないと思い始めた頃、いつか、ゆりさんと抹茶アイスを食べた公園で彼を見つけた。

ぼくらが座ったベンチに彼は腰掛けていて、缶コーヒーを飲みながら鳩にポップコーンをあげていた。

ぼくが隣に座っても、彼は長い間黙ってポップコーンを地面にばらまき続けていた。

鳩がベンチの背もたれに飛び降り、ぼくの耳元で翼をばさばさとばたつかせた。目の前を白い羽毛がいくつも舞う。

「柚子を、ありがとうございました」

彼の声は何かが変だった。

「……はい」

面倒になったのか、彼は袋をさかさまにして、ばさっとポップコーンをぜんぶ地面に落とした。白い大きな塊《かたまり》に鳩たちはいっせいに押し寄せ、顔を埋《うず》めて貪《むさぼ》った。

「そうだ……カニが家から届いたんです。よかったらうちでカニ鍋《なべ》でもしませんか？」

星野響が呟くように言った。

「じゃあ……スーパーに寄っていきましょうか」

ぼくがそう言うと、彼は無言で小さく頷いた。

スーパーマーケットで彼はカゴにどんどん食材を入れていった。白菜、春菊、長ネギ、しめじ、糸こんにゃく、豆腐。

「キムチ味の鍋にしましょうか」

星野響は鍋つゆの素《もと》のコーナーで立ち止まり、ぼくにそう訊ねた。キムチ鍋はゆりさんの好物だ。

「ぼくはなんでもいいです」

豚肉、ニラ、キムチも彼はカゴに入れた。

「シメに麺、入れます？」

れた。


「そうですね」

「チーズも入れましょうか」

「いいですね」

それから缶ビールも三本入れた。

「ゆりさんに」

そう言ってぼくは抹茶味のハーゲンダッツをカゴに入れた。彼は黙ってもう二つ同じものを入れた。

彼の部屋に入るのは久しぶりだった。

部屋の空気はひどくこもっていた。

長い間、窓を開けていないのだろう。カーテンも閉まっている。

床の上には洋服が足の踏み場もないほど散らばり、流しは洗っていない食器や弁当のプラスチックの容器がそのまま置かれて山になっている。

「窓、開けてもいいですか?」

「どうぞ」

カーテンと窓を開けると、彼は身を縮ませた。

「寒いですね」

「少しだけ辛抱してください」

彼はお湯を沸かし始めた。

「寒い時は紅茶、ってゆりが……」

紙コップを二つ出してティーバッグを入れる。

「少し、掃除を手伝いますね」

「ああ……すいません」

ぼくはお湯を沸かすガスコンロの火を消した。

「洗濯、ぼくがしましょうか。たまってるみたいですから。天気がいいですし、すぐに乾きますよ。今からじゃ乾かないものがあっても、明日も晴れるみたいだから、干しっぱなしにしてても平気でしょう」

「じゃあ、ぼくがします。いつの間にたまっちゃったんだろう……」

「量が多いからぼくがしますよ」

ぼくはそう申し出たけれど、彼は首を横に振る。

「いえ、大丈夫です」

「そうですか……わかりました」

彼が洗濯機をまわしている間、ぼくは彼が脱ぎ散らかした服を集めてベッドの上に置き、掃除機をかけた。そして食器を全部洗い、ゴミをまとめてゴミ袋に入れた。

部屋の嫌な臭いがだいぶ消えたので、窓を閉めてエアコンをつけて部屋を暖めた。

「食器、洗ってくれたんですね。すみません」

洗濯物を干し終えた星野響が、流しを見て頭を軽く下げた。ぼくは首を横に振った。

「どうってことないです」

「ありがとうございます……じゃあ……紅茶、飲みましょうか」

お湯はぼくが食器を洗いながら沸かしておいた。

ぼくがティーバッグを入れた紙コップにお湯を注ぎ、テーブルに運んだ。

「何から何まで……すみません」

彼は小さな声で言った。

「いえ、気にしないでください」

それからぼくたちは、紅茶を飲みながらテレビを見た。

旅番組で女性芸能人たちが観光名所をめぐっている。

リモコンで彼がチャンネルを変えた。

再放送のドラマをやっていて、ぼくが好きな女優が弁護士役で出ていた。

「彼女のファンなんです」

女優を指差しながらぼくが言うと、星野響は頷いた。

「ぼくもです。気が合いますね」

紅茶を飲み干しても、ぼくらはそのままドラマを見続けた。けっこう見ごたえのあるドラマだった。

日が落ちると、ぼくは壁にかかっている時計を見上げた。

「そろそろ鍋にしますか?」

「そうですね……」

星野響はカセットコンロをテーブルに置き、三人分の食器や箸を並べた。ぼくは野菜を切り、皿に丁寧に盛り付けた。

「カニはゆりの大好物なんです」

彼はじっとカニを見つめながら、呟くように言った。

「じゃあ、ゆりさんに一番大きなカニの脚をあげましょう」

「きっと喜びます」

彼はやっと、かすかに笑った。

彼女が食べることはもうないけれど、このようなやりとりはぼくらの慰《なぐさ》めになった。

キムチ鍋の素が沸騰《ふっとう》してから、野菜や肉、大きなカニの脚を入れていく。最後にたっぷりキムチを載せると唐辛子の匂いが部屋に充満した。

ぐつぐつ煮えて具材に火が通ったのを見極めると、彼の皿にたっぷりよそった。

「すみません、ありがとうございます」

彼は皿を見つめるばかりで、箸には手をつけずに礼だけ言った。

「いっぱい食べてくださいね」

星野響はほとんど食べることなく、ぐいぐいとビールばかり飲んだ。

すぐに顔が赤くなり、目がとろんとしてきたので、ぼくは慌てて彼に水を飲ませた。

「大丈夫ですか？」

「はい……」

彼はふらつく足取りで冷凍庫からビールを取ってきては飲み続けた。さっき見た時、冷蔵庫の中にはビールがずらりと並んでいた。

「お鍋、ちゃんと食べてくださいね」

「食べてますよ」

しかしやはり彼は箸を持とうとしない。

三本の缶ビールを飲み干すと、彼はゴロンと横になって目を閉じた。

ぼくがカセットコンロの火を消すと部屋は静かになった。

壁の時計のカチコチという音だけが室内に響いている。

再びテレビをつけて、ぼくは残った鍋を一人で黙々と食べた。

満腹になったぼくがビールをちびちび一人で飲んでいると、目を覚ました星野響が声をかけてきた。

「面白いですか？」

彼は寝たままテレビ画面をぼんやりと眺めている。

音量は、声がかろうじて聞き取れるほど小さい。

「面白くはないです」

「そうですか」

彼はまたすうっと寝入った。

最後までやり遂げよう。

ぼくは冷蔵庫から抹茶味のアイスを取ってきて食べた。

食べ終えると、残った鍋を皿に移してラップをかけ、冷蔵庫にしまった。手をつけられていない、大きなカニの脚が入ったゆりさんの皿も。

食器を洗おうと袖をまくっていると、星野響が起きてきて冷凍庫を開けた。

そして抹茶味のアイスを二つ取り出してぼくに差し出した。

「これ、持ってってください」

「食べないんですか？」

「アイスは……いえ、なんでもありません」

彼はカーテンを閉めるとベッドに横になって、頭まで毛布をひっぱりあげた。


それから毎日、ぼくは彼の部屋に行って、掃除や洗濯をし、料理を作った。

ぼくが彼の部屋に行かなければ、彼は何もしないままベッドで寝ていたことだろう。ぼくが彼の部屋にいる時は、さすがに彼もベッドから這《は》い出《で》てきて、壁にもたれかかって座り、ぼんやりとぼくがすることを眺めていた。

もちろん彼は大学に行かなかった。単位とかは大丈夫なのだろうかとぼくは心配したけれど、口出しはしなかった。

二月のある晩、図書館の仕事帰りに、ぼくは公園で凍えながら一人でホットココアを飲んでいた。

このあと、スーパーマーケットに寄らなければいけない。

食材を買って、星野響のご飯を作らなければいけない。

何となくリュックサックのポケットを探ると、名刺が一枚出てきた。

須崎隆。

彼と会ったのが、遥《はる》か昔のことに思えた。

そして、相談したいことがあると言われたことを思い出した。

スマートフォンを取り出して彼に電話をかけてみた。

『誰?』

陽気な声が耳に響いた。

「あの、こんばんは。今川です。今川広夢」

『え? ああっ。広夢かぁ。ラッキーボールペンの広夢』

居酒屋にでもいるのか、賑やかな声が聞こえてくる。

『元気にしてるか?』

「ええ、まあ」

『広夢、今度の日曜日、暇?』

「日曜は……バイトがありますけど、夜なら空いてます」

『じゃあ、飯でも食べよう』

「……はい」

『いつもの図書館に七時でどう?』

「大丈夫です」

『じゃあ、またな。連絡してくれてありがとう』

「ではまた。さようなら」

スーパーマーケットで買い物をしてから帰宅し、塩むすびと肉野菜炒《にくやさいいた》めを作って、星野響の部屋に持っていった。

ぼくは全部たいらげたが、彼は半分以上残した。

そのあと、電子レンジで甘酒を温めて二人で飲んだ。

「冬は甘酒、ですよ。体にいいですから」

彼に栄養をとらせるため、ぼくなりに知恵を絞っていた。

「そうなんですか」

彼は舌先で舐めるように熱い甘酒を飲んだ。その姿はまるで猫みたいだった。

ぼくは軽く、ぽん、と拳で彼の腕をついた。

彼はぼんやりとぼくを見た。

「今さら、ですけど」

いざとなると、言葉がなかなか出てこない。

「もうそろそろ、敬語、やめませんか?」

一呼吸おいて、彼は小さく頷いた。

「うん」

「えっと……響、って呼んでもいいですか」

「敬語」

「あ、ごめん……いい、かな?」

「いいよ。じゃあ、広夢って、ぼくも呼ぶよ」

「ありがとう」

「長いこと、かかったね」

少しぬるくなった甘酒をすすり、彼は呟いた。

「もうすぐまた、桜が咲くね」

暗闇から黄色い自転車をひいて現れた彼の頭に、肩に、桜の花びらが舞い落ちる。

ぼくは泣きそうになった。

でもすぐに、ぐっとこらえた。

そして言った。

「そうだね。すぐに春になるよ」

響は甘酒をテーブルに置くと、冷蔵庫から缶ビールを持ってきた。

翌日、ぼくは大学と仕事を休んだ。

そして、響にからくない麻婆豆腐を作って食べさせた。

「懐かしいな、これ」

一口食べて、彼は呟いた。

「うまい」

「覚えてる？」

ぼくは彼の表情をじっと見つめながら訊ねた。

「うん。よく、ゆりが作ってくれたやつだ」

「そうだよ。ゆりさんの麻婆豆腐だよ」

「ニンニクとショウガがすごく効いてて……それに味噌。甘じょっぱくて……ご飯にかけても麺にかけてもおいしい。よく一緒に作った」

ゆりさんから預かっていたレシピノートを彼に手渡した。

「これ、ゆりさんから預かってたんだ。響に渡してくれって」

彼はレシピノートをじっと見つめ、それからぱらぱらとページをめくっていく。

最後のページに、

『しっかり食べてください』

と綺麗な大きな字で書かれていた。

「どうして、これ、くれたのかな」

星野響は彼女の字をじっと見つめながら呟いた。

「いつでも自分で作れるように、じゃない？」

「そうか。でもきっと、同じようには作れないよ。悪いけどこれも本当は、ゆりのとは違う味がする。ごめん」

「そりゃそうだよ。誰も彼女みたいには作れない」

「そうだね」

ぼくはトートバッグのポケットから、白いハンカチに包んだ向日葵のピアスを取り出した。

「これ、返すよ。ゆりさんがぼくの部屋に来た時に忘れていったんだ」

ピアスを手にした彼は、

「ゆりが夏につけてたやつだ」

とじっと見つめた。

「そうだよ。覚えてるんだね」

「だってこれ、ぼくがプレゼントしたんだ」

「そうだったんだ。ずっと返さないでいて、ごめん」

「いいよ。ゆりに返しておくね」

彼はぼくの耳にピアスをあてた。

「広夢には似合わないね」

「そりゃそうだ。似合ったら大変だ」

ぼくたちは少しだけ笑った。


日曜日の午後七時。

図書館の大きなテーブル席で本を読みながら須崎を待っていた。

五分遅れて彼はやってきた。

「ばかに寒いな。あったかいもんでも食べるか」

そう言った彼はおでん屋に連れていってくれた。

「ここ、よく来るんだ。全部おいしいけど、おれのチョイスでまずは食べてみてよ」

「おまかせします」

「熱燗《あつかん》でいい？」

「はい」

味のしみた大根や牛筋、ちくわぶ、つくね、はんぺんなどを食べながら、須崎は今やっている仕事や役者仲間たちの話、またなぜ役者を目指したのか……そのきっかけになった中学生の時に衝撃を受けた映画の話まで、いろいろと喋った。

彼がトイレに立って帰ってきたところで、ぼくは切り出してみた。

「相談事ってなんですか？」

「え？」

「相談事があるって前に言いませんでしたか？」

「ああ……言ったかも。ああ、言ったね。そうだった」

彼は大きな両手をぱんと合わせた。

「それだよ。相談事だ」

「はい」

「広夢だよ。広夢の相談事を聞こうと思ったんだ」

「ぼくの、ですか？」

彼の言葉に、ぼくはきょとんとしてしまった。

「そうだよ。あるんだろ？」

「……ぼく、何か言いましたか？」

「言ってるさ」

「……何を？」

「顔がそう言ってる。『辛いです』って」

「そんなはずは……」

「まあ、もっと飲みなよ。全然飲んでないじゃん」

「お酒、弱いんです」

須崎は頬杖をついてぼくの横顔をじっと見ている。

ぼくは一口、二口、熱燗を喉の奥に流し込んで口を手の甲で拭った。

「……好きな人が亡くなったんです」

初めてそう言葉にした時、自分の声じゃないみたいだった。

「そうだったのか。いつ?」

「去年の十二月です」

「事故?」

「病気です。乳がん」

「若かったの?」

「二十三歳でした」

「神様もひどいことしやがる」

須崎は酒をあおった。

「亡くなったあと、彼女の両親からぼくに連絡がありました」

「かわいそうに。辛かったな」

「でも、ぼくより、彼のほうが辛かったんです」

「彼?」

「彼女の恋人です。ぼくたち三人、友達だったんです」

「そうなんだ。おれはてっきり広夢とその人が……」

ぼくはぶんぶんと首を横に振った。

「二人は完璧な恋人同士でした。だから、ぼくが割り込めるような隙間なんかありませんでした」

「その彼は今、大丈夫なの？」

「大丈夫じゃないです。彼はまだ受け入れられないんです。彼女が死んだってことを」

「……そうなんだ」

「普通の生活ができなくなっちゃったんです。彼女がいない生活なんて、もうどうでもいいのかもしれない」

「広夢はその友達のことが心配で、余計辛いんだな」

ぼくは酒を水のようにごくごくと飲んだ。喉の奥がかっと燃えた。

「ぼくのことはいいんです」

「よくないよ」

「いいんです」

ぼくは語気を強めて、須崎を睨んだ。

「よくない」

須崎は静かにそう言って、ぼくの肩に手をまわすと軽く揺さぶった。

生温いものが頬を伝い落ちる。

いやだ。

それは喉を伝い、空っぽの胸の間を落ちていく。

ぼくは泣きたくない。

だって、なんで。

なんで、ゆりさんなんだ。

他の誰かじゃなくて。

どうして、神様は彼女を選んだ？

最後まで、二人とも、ぼくに隠し通した。

どんなに辛かったか。ずっと。

でも、でもね。

ぼくも一緒に、君たちと、残酷な運命と向き合いたかったよ。

声にならない音が、喉の奥から意志の制止を振り切って漏れ出てくる。それはやがて苦しい嗚《お》咽《えつ》となった。

会いたいよ。

ゆりさん。

ため息とともに、とめどなく涙がこぼれ落ちる。

ゆりさんが死んでから、初めて泣いた。

結局ぼくも、彼女の死を受け入れられていなかったんだ。

泣いたら、彼女の死を認めることになると思っていた。

でもいくら泣いても、認めることなんかできそうにない。

ならば、あなたのために、おもいきり、泣いてもいいですか。

ゆりさん？

「また笑える日がくるよ」

須崎の温かな大きな手がぼくの背中をゆっくりとさする。

「自分をだましてでも笑ってさ、ほうっておくんだよ、辛いことは。顔そむけて、しらんぷりだよ。まともにやりあっちゃだめだよ」

彼はぼくが泣き続けるのを止めることはなかった。

店を出た時は十時を過ぎていた。

須崎に肩を抱かれながら欠けた月を見上げた。

「また一緒に飲もうな」

「はい」

「広夢に恩を返したいんだよ、おれ」

「恩なんてないです」

「あるって」

背中を軽く叩かれてよろけ、プラタナスの木に抱きついた。

冷え切った幹にそっと頬を押し当てて、目を閉じた。

腕のなかには、底のない悲しみがあった。

16　野菜スープ

大学から帰ってくると、引っ越し業者が星野響の部屋から荷物を運び出していた。

「引っ越しですか？」

「ええ、すぐに終わります」

作業着を着た男に訊ねると、すまなそうに頭を下げられた。

「ぼく、星野さんと友達なんです。彼、いますか？」

「えっと……星野さーん！」

男が部屋の中に向かって呼びかけると、はあいと声が返ってきた。

「お友達がいらしてます」

部屋から出てきたのは中年の女性だった。

ショートヘアで眼鏡《めがね》をかけている。紺色のダウンジャケットに黒いデニムパンツを穿いていた。

「はじめまして」

ぼくは彼女に頭を下げた。

「響君の友達の今川広夢といいます。隣の部屋に住んでいます」

「響のお友達ですか」

彼女はぼくに向かって深く頭を下げた。

「響の母親です。息子がお世話になりました」

「響君、引っ越すんですか?」

彼女は口ごもった。

「ええ、家に戻りました」

「彼、大丈夫ですか。ぼく、いつもご飯を作ってあげてたんです。でないと彼、まともな食事をとろうとしなかったので……」

「まあ……」

涙ぐんだ母親はぼくの腕を掴んで壁際に促すと、口に手をあてて小さく頷く。

「本当にお世話をかけました。親なのに何も知らないで……ご迷惑をかけてしまって」

「迷惑なんかじゃないです。友達ですから。彼……ちゃんとご飯、食べてますか」

「ええ、食べさせています。それは安心してください」

「大学のほうは……」

「休学することになりました」

「そうですか……あ」

リュックサックからメモ用紙とボールペンを取り出して、ぼくの名前と住所、メールアドレス、メッセージアプリのＩＤ、電話番号を書いた。

「何かあったら連絡ください」

「わかりました。ありがとうございます」

星野さーん、と引っ越し業者の男が彼女を呼んだ。

「それでは失礼します。本当にお世話になりました。ありがとうございました」

また深く頭を下げる彼女を見つめる視界の端に、自分が握りしめているボールペンが目に留まった。

「え？」

ラッキーボールペンと須崎が呼んだボールペン。

空になっていたインクを入れ替えて使っていた。

「あの、このボールペン、彼に渡してください」

幸運の……と言おうとしてやめた。

そんなの嘘くさいし、何の根拠もない。

「彼に借りてたので、返しておいてください」

「わかりました」

その日はよく眠れなかった。

そしてそれからしばらくの日々、ずっと響のことを考えていた。

何で彼の自宅の住所を訊ねなかったんだろうと後悔した。

そうすれば、無理にでも彼に会いにいけたのに。

実家に戻った星野響にメッセージを送っても、まったく返ってこなかった。もちろん既読にもならない。

電話をしても出ない。

電源が切られているようだった。

彼のことが心配でたまらなかったけど、おとなりさんではなくなったぼくにできることは、もう、何もなかった。


三月の中旬に桜が咲き始めた。

伊賀さんと清香さんが暮らす部屋から公園の桜が見えるというので出向いた。

部屋に入るなり、甘い匂いがした。

「パン焼いてるの」

開いた窓から白っぽい桜の木が確かに見える。

清香さんは長く伸びた髪をからし色のゴムでラフにまとめて眼鏡をかけていた。白い粉が入ったボウルを前に、腰に手をあてている。白いシャツに赤いカーディガン、デニムのロングスカート。

伊賀さんはコットンの白いワンピースに青いカーディガンをはおっている。

「今川も作ってみる?」

そう清香さんが訊ねてきた。

「ぼくが?」

「そう。手を洗ってきて」

相変わらず強引だ、と思いながらリュックサックを部屋の隅に置いて、洗面所でよく手を洗ってきた。

「パン、作ったことある？」

清香さんが首を少し傾《かし》げて訊ねる。

「ないです」

ぼくの答えに、清香さんはにっと笑った。

「まあ、そうだよね。じゃあ、初体験だ。粉の中に手を入れてみて」

「いいんですか？」

「どうぞ」

白い粉の中にそっと両手を沈めた。

「まぜてみて。適当でいいから」

言われた通りにまぜてみると、今までに感じたことのない、とても優しいやわらかい感触がした。とても気持ちがいい。

「いい感じでしょ」

「はい」

清香さんが笑い、伊賀さんも笑った。

そのあと、清香さんが粉のまぜ方を実演してみせてくれ、それをマネして正しいやり方でまぜた。

「そうそうその調子」

「よくパンを作るんですか?」

粉をまぜながらのぼくの質問に、「うん」と清香さんが答えた。

「清香、パンに夢中なの」

伊賀さんが嬉しそうに言う。

「仕事が休みの日は色々なパン屋に行って食べ歩きもしてるんだ」

清香さんの声は弾んでいた。とてもやわらかい女性らしい声で、思わず彼女の顔を見てしまった。

「わたしも時々付き合わされる」

伊賀さんは苦笑いしているけれど、嫌そうではない。

「自分からついてくるんじゃん。むつみは食いしん坊だからなぁ」

「ちょっとぉ、最近太ったかなって気にしてるんだから、そういうこと言わないでよー」

二人は楽しそうにじゃれあう。

「そろそろかわるよ」

清香さんはそう言ってぼくと交替した。

ぼくは手を洗ってきて、焼き上がっていたバターロールを食べた。

清香さん手作りの苺ジャムをたっぷりつけて。

「お世辞《せじ》抜きにおいしいです」

優しい甘さが口の中にふわっと広がり、幸せな気持ちになった。

「全部、手作りだからね」

得意気に清香さんが言う。

「すごいですね」

「清香、来月からパン屋で働き始めるんだよ」

伊賀さんの言葉に、本当に驚いてむせそうになった。

「え。まさか、『デイジー藤沢』じゃないですよね?」

「そのまさかなんだな。やっと空きがでたの。前から『求人する時は連絡下さいね』って頼んでおいたんだ」

嬉しさを隠せない表情の清香さんが、はにかみながら言う。

「そうだったんですか」

清香さんがシナモンロールを焼いている間、ぼくと伊賀さんはバターロールにハムとキュウリとチーズを挟んでコーヒーと一緒に食べた。

窓から見える桜を見ながら。

こんな素敵なお花見はそうないだろう。

それに、生まれてこのかた、家族以外の誰かと、こんなふうに満開の桜を眺めることはなかった。

葉桜なら、去年、星野響とゆりさんと見たけれど……

それから伊賀さんはアルバイト先の先輩にデートに誘われ、動物園に行った話をした。

キリンの檻《おり》の前で手をつないだと伊賀さんが言うと、清香さんが台所から振り返った。

「ちょっと待った。どっちから？」

「彼からに決まってるじゃん。わたしからできるはずないよ」

「付き合うの？」

「まだ何も言われてないし……」

「でも、手、つながれてんじゃん」

けらけら清香さんが笑うと、伊賀さんも笑った。

「今川に見せてあげなよ。彼の写真」

「ああ……うん」

バイト先の同僚たちと撮ったという、スマートフォンの写真を見せてもらった。

この人、と伊賀さんが指差した男性は、笑顔が優しい小柄な人だった。

「優しそうな人ですね」

ぼくがそう言うと、清香さんがまた台所から声を張り上げた。

「お似合いだよね。今度はむつみのほうから手をつないでみなよ」

「それは無理だよ」

ふと、伊賀さんと目が合って、彼女に手を握られた時のことを思い出した。

「あれ。むつみ、もしかしてまだ今川のこと好きなの？」

見つめあっているのを見られたのか、清香さんがからかうように言う。

伊賀さんは顔を少し赤くして首を横に振った。

「好きじゃない。って、あ、ごめんなさい……」

「大丈夫です」

ぼくは笑った。

「でも、なんか、ふられた気分」

「今川にもはやく春が来るといいね」

清香さんの言葉に、ぼくはただ微笑んだ。


手作りのシナモンロールをもらって家に帰ると、隣の部屋のドアがすっと開いた。

一瞬、響が戻ってきたのかと思った。

しかし、出てきたのは白いパーカーに赤いチェック柄のパンツを穿いた若い女性だった。

黒縁の眼鏡をかけて、髪型は頭のてっぺんあたりでふんわりとしたお団子にしている。

「あ、どうも」

ぼくを見た彼女はそう挨拶した。綺麗に包装された箱を持っている。

「隣に越してきた村上《むらかみ》といいます。これ、つまらないものですが」

彼女から箱を受け取って、ぼくは軽く頭を下げた。

「ご丁寧にありがとうございます。今川です」

「学生さんですか？」

「はい。この春で大学三年生になります」

「わかーい。わたし、今年で二十八ですよ」

はははっと豪快に笑う彼女。

「同い年ぐらいかと思いました」

自分でも驚くぐらいするりと、そんな調子のいい言葉が滑り出た。

でも本音だ。彼女はとても若く見えた。

「わー、今川さん、いい人だぁ」

彼女はまた口を大きく開けて笑い、

「じゃ、また」

と言って部屋に入った。

箱の中身はタオルだった。

ベランダのガラス戸を開けると、隣もガラス戸を開けているらしく、話し声が聞こえてきた。電話をしているらしい。

聞き耳をたてる格好になるのが嫌だったので、ガラス戸を閉めてラジオを流した。

そして牛乳を飲みながらシナモンロールを食べていると、どんどんどん、と激しくドアを叩く音がした。

「涼音《すずね》、開けろよ」

隣の部屋のドアを男が叩いている。

ぴしゃっとベランダのガラス戸が閉まる音がした。

それっきり隣の部屋はしんとして、ドアを叩く音だけが響き渡っている。

「おい、開けろって」

五分以上、男はドアを叩き続けた。

尋常《じんじょう》じゃない。

誰か警察でも呼びかねない。

というか、ぼくが呼んだほうがいいんだろうか。でも、それならドアを叩かれている本人が呼ぶべきだろう。

それから突然しんと静まりかえった。

あまりの緊迫感に、食べるのを中断していた残りのシナモンロールを口に押し込み牛乳を飲み干して、そっとベランダに出てみた。

こん、と音がした。

隣のベランダから身を乗り出している村上さんが、人差し指を唇にあてて、手を振っている。

声を出さずに彼女は口を動かした。

見てきて?

男がもういないかどうか、外を見てきてくれというのか。

驚いたが、ぼくは頷いて部屋に戻った。

そしてパーカーをはおって財布を手にした。男がいたら買い物に行くふりをすればいい。

しかし、ドアをそっと開けて廊下を見ると、隣の部屋の前には誰もいなかった。

念のために階段をおりて、アパートの周辺をしっかり確認した。やはり誰もいなかった。

部屋に戻って、ベランダに出た。

こん、と隣のベランダと隔てる壁を叩くと、静かに隣のガラス戸が開く音がして、村上さんがベランダから身を乗り出してこっちに手を振った。

ぼくは両手で丸印を作った。

彼女はふーっと、ほっとしたようなため息をついて、「やれやれ」とこぼした。

それからぼくに向かって両手を合わせて謝ってきた。

「ありがとうございました！　お騒がせしてどうもすみません！」

「別に大丈夫ですけど……そちらは大丈夫、ですか？」

そんなこと聞いてどうする。

他人のトラブルに首をつっこんでいいことはない。

でもなぜか気になって訊ねてしまった。

元カレのストーカー？

だから引っ越してきた？　でもバレたからまた引っ越すのか？

「ああ、兄です」

彼女はけろっとした顔で答えた。

「え、お兄さん？」

「そうです」

「なんであんなに怒ってたんですか？」

「兄のコレクション、勝手に売っちゃったから」

「コレクション？」

「フィギュアです。兄、フィギュアのマニアなんですよ。あれってけっこういい値段つくんですよね」

彼女はにんまりした。

笑っている場合か。

こっちはかなりビビッたんだから。

「……なんで勝手に売っちゃったんですか？」

「引っ越し費用がけっこうかかったんですよ。今月、苦しくて」

「自分のものを勝手に売られたら、そりゃ怒りますよ」

「どうせまた集めるから平気ですって」

そして彼女はポケットからスマートフォンを取り出すと、「あ、どうもですー」と喋りながら部屋の中に戻ってしまった。

数日後。

村上涼音は赤い鍋を持って、ぼくの部屋のドアをノックした。

「野菜スープを作りすぎたんで、よかったらおすそわけします」

髪の毛はぼさぼさで、上下スウェットという格好だ。

寝て起きてそのまま来た、という感じ。

平日の昼間の二時。

仕事はしてないんだろうか。それとも平日休みの仕事か。

ドアの隙間から部屋の中を覗きこんでくる。

「わー、うちよりすごく綺麗。あ、今、何してたんですかぁ？」

「本、読んでました」

「へえ。本、好きなんですね」

「好きです」

「絵は？」

「絵？　詳しくはないですけど、好きですよ」

突然、彼女は目を輝かせた。

「わたし、こんなんですけど、一応イラストレーターしてるんです」

「え、そうなんですか。すごいですね」

「すごくないですよー。貧乏イラストレーターですから。ちょっと、いいですか」

返事を待たずに、彼女は玄関に赤い鍋を置くと、その隣に腰をおろした。

彼女がぱっと鍋の蓋を開けると、いい匂いがあたりにふわっと漂った。

「家にあるもん適当に入れちゃったんで、びっくりしないでくださいね。味見はちゃんとしたんでおいしいですよ。あの、お皿、あります？」

「あ、はい」

お皿を二つ持ってきた。

「おたま」

「あ、はい」

彼女はお皿に、具が多めの野菜スープをたっぷり入れた。

スプーンを差し出すと、彼女は受け取って先にぱくぱく食べ始めた。

「うん！　おいしーい！　黒コショウがきいてるっ。ショウガとかもすって入れてみたんですよ」

ぼくが自分の皿の中で確認できたのは、ベーコン、人参、白菜、もやし、じゃがいも、しらたき、がんもどき……

「この、どろっとしたのは……」

どろりとしたものをスプーンですくってぼくは訊ねた。

「え？　ああ、とろろ昆布かな」

とろろ昆布を皿に戻し、スープをまず飲んでみる。

「あ、おいしい」

意外だったけど、本当においしかった。和風だしのようだ。

「何その、『意外と大丈夫だった！　ほっ！』みたいなリアクションは」

彼女はげらげら笑い、それから部屋の本棚を指差した。

「本、すっごい持ってるんですねー。小説家志望とか？」

「いや……本が好きなだけです」

「本が好きな人って書きたくならない？　わたしも最初は絵を見るのが好きで、それで自分も描きたくなったから描いてるの」

もうタメ口か。少し驚いたが、なぜか不快ではなかった。

「どんな絵を描いてるんですか？」

「わたしのサイトがあるから、あとでＵＲＬ教えるね。じゃあ、ちょっとスーパーに買い物行ってくる。お米なくなっちゃって。近所に安いところとかあったら教えて欲しいな」

「ありますよ」

「近い？」

「郵便局の脇の道を入ってすぐのところです」

「郵便局かぁ……ちょっと、わかんないな」

「じゃあ、地図、書きますね」

紙とペンを持ってきて地図を書いて渡した。

「ありがとー。今川さんて、下の名前はなんていうの？　わたしは涼音」

「広夢です。広い夢と書いて広夢」

「広い夢か。なんかのタイトルみたい。わたしは涼しい音。名前とは大違いでしょ」

げらげらまた笑いながら涼音さんは赤い鍋を置いて出て行った。


彼女はそれからも、突然やって来て、色々なことを話したり、ぼくの本を勝手に持っていったりした。

彼女が描いたイラストも見せてくれた。

繊細《せんさい》なタッチで描かれた、淡くて豊かな色彩の世界。

彼女だけの世界がそこにはきちんとあった。

「求められれば何でも描く」

そう彼女は言う。

好きな絵は好きな時にいくらでも描ける。だから仕事でオファーされた絵はプロとしてしっかり描いていきたい、と。

「わたし、他の仕事ができないんだ。退屈で続かないの。だから、生きてくためには、腕一本、絵だけで勝負するしかない」

やがてぼくらは、たまに一緒に食事をするようになった。

彼女の部屋は散らかっているので、いつもぼくの部屋で食べた。

彼女はけっこう料理上手だった。

といっても、家にあるもので適当に作る料理が多い。安い食材をスーパーマーケットで見つけてくる天才だ。

おいしいものを手早く作る。栄養バランスのこともちゃんと考えている。

「納豆とバナナは毎日食べるよ。旬の果物も。果物、だーい好き」

そう言っていたので、六月の涼音さんの誕生日には、フルーツの詰め合わせをプレゼントした。

彼女は果物が入った箱に顔を埋めて、「きゃー」と叫んだ。

「最高過ぎるっ。これ千疋屋《せんびきや》でしょ。高かったよね？　広夢、大好き！」

涼音さんが隣に越してきてから、毎日がまた楽しくなった。

響のことを思い出さない日はなかったけれど、それでも気持ちが沈む時間がだんだん少なくなっていった。


ある日、クローゼットの奥に隠しておいたノートを取り出してみた。

それは、ゆりさんが響に渡してくれと頼んだレシピノートを手書きで写したものだ。

ぼくはそこに、自分が最近よく食べる料理のレシピを書き込んだ。

涼音さんのへんてこな創作料理のレシピもある。

ノートの空白が少し減っただけで、ぼくのなかの空白も少しだけ埋められたかのような気がした。

そしてぼくは文章を書き始めた。

日記でも小説でもなく、記録のようなものだ。

会えない二人のことを書いて胸のうちが暗くなると、涼音さんの部屋のドアをノックした。

大抵いつも、彼女はよれよれの状態でぼくを出迎えたけれど、何も言わずに部屋にあげてくれた。

そして仕事をちょっとだけ中断して、一緒に熱いコーヒーを飲んでくれた。

「気分転換にちょうどいいから、またいつでも来てよね」

涼音さんは、必ずぼくの帰り際にそう言う。

「涼音さんはいい人ですね」

とぼくが言うと、頭をぱかーんとはたかれた。

「いて……」

「照れるじゃん」

ぼくらは顔を見合わせ、声をあげて笑いあった。

大学に通い、図書館で仕事をし、部屋の家事をし、たくさんの本を読み、涼音さんとご飯を食べた。

ごく普通の生活を淡々と送りながら、ずっと、響からの連絡を待っていた。

時々、勇気を出して、彼に電話をかけてみる。

でも、つながらない。

響に会いたい。

ぼくは初め、歩み寄ろうとする響のことを拒んだ。

あの頃のぼくは、世界にいるすべての人間を拒んでいた。

そのあと、彼のことをよく知るようになって、特にゆりさんという素晴らしい女性に愛されているることを知って、なんて恵まれた男だろうと妬《ねた》んだ。

ぼくは愚《おろ》かで、なんの取り柄もない。

彼の友達にはふさわしくない。

でもぼくはまた響に会いたい。

どうしても、会いたい。

彼はぼくの初めての友達で、彼の代わりには、誰もなれないから。

17　ビール

ゆりさんと響がぼくの前から消えて五年がたった。

ぼくは今、図書館職員として働きながら、小説を書いている。もちろん趣味でだ。

涼音は賞に応募してみろとか、サイトに載せてみろとか言うけれど、ぼくはただ自分のためだけに書いているのだからこのままでいいと思っている。

毎日、寝る前に少しだけパソコンに向かって文章を書くと、日々の生活の中で生まれる、言葉にはしにくい色々な感情が、あるべきところにきちんとおさまってくれる感じがする。

ぼくにとって、書く行為は癒《いや》しのようなものなんだろう。

涼音とは去年結婚し、今彼女のおなかの中にはぼくらの子供がいる。

次の春には産まれる予定だ。

日々大きくなっていくおなかを抱えながら、涼音は絵を描き続けている。

清香さんは『デイジー藤沢』でまだ働いている。

店長からはドイツに修業に行くことをすすめられているらしく、ドイツ語の勉強を始めたとのことだ。彼女はパンに恋をしていて、今のところ男っ気はまったくない。

伊賀さんは幼稚園で栄養士として働いている。

彼女はとても綺麗になったし、社交的になった。そして、大学時代から付き合っている、小柄で優しい恋人と先日婚約した。

須崎とは時々一緒にお酒を飲む。

彼の仕事は不安定だから、いまだにバイトをする時もあるけれど、役者を辞めることは決してないだろう。彼の舞台を何度か見たが、演技がとても素晴らしかった。生まれながらの役者だと思う。

須崎には会うたびに元気をもらっている。

彼に言わせれば、ぼくはだいぶ変わったらしい。

確かにぼくは伊賀さんと同じように、ずいぶんと社交的になった。

仲のいい数人の同僚たちとは仕事終わりに時々飲みに行くし、中川愛奈とは今でもけっこう頻《ひん》繁《ぱん》に会う。

彼女とは普通に食事をしたり飲んだりすることもあれば、小説家のサイン会やトークショーに連れだって行ったりもする。学生の時みたいに小説の貸し借りもする。

ゆりさんと響を失って喪失感に苛《さいな》まれたぼくが、またこんなふうに、人と自然に付き合えるようになったのは、みんなのおかげだ。

清香さんや伊賀さん、須崎、中川さん、そして涼音。

生きている以上、良いことも悪いこともすべて受け入れて前に進んでいくしかない、というのが涼音の信条だ。

それは今、ぼくの信条でもある。

響には毎月、一日《ついたち》にメッセージを送っている。

五年間ずっと、送り続けている。

一度も返信はないし、彼が今どこでどうしているのかもわからない。

でも、今のところまだ、彼にメッセージは届いている。既読はつかないけれど。

メッセージを送れる限り、これから五年、十年、いや、ずっといつまでも、ぼくはメッセージを彼に送り続ける。


今川広夢：ぼくは今も、あのアパートで暮らしています。

いつでもまた遊びにきてください。

待っています。


このアパートの部屋は涼音と二人で暮らすにはだいぶ狭い。

だから、隣の部屋も借りている。

ぼくが元々住んでいた部屋のほうを寝室とリビングルームにして、隣の部屋を彼女の仕事場と収納場所にしている。

結婚する時、ぼくの部屋は借りたままにして、新居として他にマンションを借りようとぼくは提案した。そのほうが自然だし、涼音には暮らしやすいだろうと思ったから。

でも、涼音はそんなのもったいないと反対した。そうする必要はまったくないと言い張った。

彼女には、付き合う前に、響とゆりさんの話をしていた。

だから、ぼくの気持ちに配慮してくれたんだろう。

涼音にはとても感謝している。

それから、ゆりさんのレシピノートはもう三代目になった。

これからも増えていくだろう。

ここに書かれているレシピは、どれも大切な人に食べさせたい料理ばかりだ。だから、もし響にまた会えたら、これを渡したいと思っている。

これを彼に渡すために、ぼくはゆりさんからレシピノートを受け取ったのではないかと思うことさえある。

彼の手元にあるレシピノートには、からくない麻婆豆腐のレシピだけが書かれている。

それはゆりさんと響だけの大事な思い出の料理だから、それだけでもいい。

でも、響はまだ生きていて、これからも生きていく。だから、新しい、別のレシピノートも必要だ。

生きていくためのレシピノート。

ぼくは彼にそれをあげたい。

続きは彼が埋めていけばいい。埋めていけると、ぼくは思う。

でも、いつか彼にまた会えた時、彼が元の彼じゃなくなっていても驚かない。

どんな彼でも、彼は彼だ。

忙《せわ》しない日々のなかで、時折ふと、三人で過ごした日々を思い出す。

あの時にまた戻りたいと思ったりもする。

その世界には涼音もいないし、これから産まれてくるぼくたちの子供もいない。

それでもぼくは、二人と一緒にいた頃に戻りたい、永遠にとどまっていたい、そう思うことが、まだある。

ある夜、ぼくは一人きりの部屋で目を覚ました。

時間は夜の一時半。

いつも隣の布団で眠っている涼音の姿はない。

でもそのことを、なぜかぼくは不思議には思わなかった。

喉が渇いていたので、布団から身を起こして、枕元《まくらもと》に置いたペットボトルを取ろうとした。

——ノックの音が響いた。

それは静かに、間隔《かんかく》を置いて何度もノックされた。

このノックで起きたことに、その時やっと気づいた。

こんな時間にやって来る人間は限られている。

スマートフォンを見たけれど、着信を知らせる光は点滅していない。

ノックをしているのはおそらく涼音だ。用があって出かけたけれど、鍵をなくしたのだろう。

水を一口飲んでから立ち上がって、ドアまで歩いていった。

「涼音?」

そう呼んでみるけれど、返事はない。

ただノックだけが続いている。

「どちらさまですか?」

ノックの音が止まって、あたりがしんと静まりかえった。

——響。

彼だ。

彼が帰って来た。

「響？」

ふわりと香った。

「ゆりさん？」

ジャスミンの香り。

慌てて鍵を開けてドアを開いた。

誰もいない。

でも、笑い声が聞こえた。

顔を廊下に出すと、隣の部屋の前に人影があった。

二つの人影はぼくの方を見ているようだ。

ふっと、濃い影に包まれたように、一瞬視界が暗くなった。

「なかなか開けてくれないんだから」

数えるほどしかない東京の夜空の星を見上げながら、ゆりさんが隣で口をとがらせる。

「まあ、いいじゃない」

響がいる。愉快そうに笑っている。

ぼくと響はゆりさんを間に挟んで、夜道を歩いていた。ぼくの知らない道だ。

「ぼくたち、どこに行くの？」

二人は顔を見合わせると、吹き出した。

「なんだよ」

ぼくも笑う。

「教えてよ」

「さっき教えたでしょ」

ぼくの言葉にゆりさんが答える。

「忘れちゃったよ」

本当に忘れてしまった。どこへ向かってるんだっけ。

「忘れるなんてひどいぞ」

ゆりさんはやわらかく笑う。

「いじわるしないで教えてよ」

「がんばって思い出してみて」

思い出そう。

うん。確かにぼくら、三人で行きたい場所があった。

「もう思い出した？」

「もうちょっと待って」

くすくすと、二人は笑い続けている。

やがて、きらきら月明かりを反射する巨大な銀色の建物が見えてきた。

大きな窓から書棚がいくつも見える。

そうか、図書館か。

ここはおそらく、彼らが出会った図書館だ。

図書館の前で彼らは足を止め、しばらくじっと窓から中を眺めた。

「入らないの？」

ぼくはそう、二人に訊ねた。

二人は黙ったままだ。

ぼくはゆりさんの腕をそっと掴んで、響の手に触れさせた。

「手、つなぎなよ。照れなくていいからさ」

二つの白い手は体の横でだらんとしたままだ。

ぼくはそれを掴んで、無理に合わせた。

とてもつめたいやわらかい手。その二つの手がしっかりと握られたことを確認すると、やっと安心できた。

ゆりさんの顔が白い月明かりに照らされ、もう片方の手がぼくに伸ばされた。

「行こう。ここはまだ目的地じゃないから」

「響、ゆりさんと手をつないでもいい？」

ぼくは律儀《りちぎ》に彼に訊ねた。

「いいよ」

おかしそうに笑いながら響が許してくれる。

ぼくはゆりさんの手を取った。

ぎゅっと握ると、花のように脆《もろ》くしぼみそうになり、慌てて力を抜いた。

「目的地……まだ思い出せないや」

ぼくは呟いた。

「もう」

ゆりさんはくすくす笑った。

「よく考えてみて。きっと思い出せるはずだよ」

「ぼくら三人が、一番行きたい場所だよ」

そう言う響の声は明るい。

ぼくら三人が、一番行きたい場所。

それは……三人が一緒にいるはずだった、失われた未来じゃないか。

「――広夢」

振り返ると、涼音が立っていた。

彼女はぼくの腕を掴んで、ゆっくりと床に座らせた。

窓から太陽の明るい光が差し込んでいる。

壁の時計の針は一時半を指していた。

お昼ご飯を食べたあと、涼音の仕事場で少しお喋りしているうちにうたた寝をしてしまったようだ。

「起こさないほうがよかったんだろうけど、外に出ていきそうで危なかったから」

すこしめまいがする。

「夢を見てたんでしょう？　まだ眠い？　眠る？」

ぼくはそっと首を横に振った。

自分が夢遊病《むゆうびょう》だという自覚はこの時までなかった。

涼音はぼくと付き合い出して、しばらくしてから気づいたらしい。

手の中には脆い、不確かなゆりさんの手の感触がまだ残っている。

響はまだあの場所でゆりさんと一緒にいるのかもしれない。

そしてぼくが戻ってくるのを待っている。

ごめん、ゆりさん。

ぼくはゆりさんから、彼を取り戻したい。

だって彼はまだ生きているから。

「涼音」

「ん？」

窓際に置いた彼女の仕事机の上には、描きかけの絵が置いてある。

彼女は今、桜の絵を描いている。

まだ冬だけれど、もう桜の絵が必要な時期なのだ。

「ぼく、寝言いってない?」

「言ってないよ」

「そっか」

涼音は無造作に頭のヘアバンドをずりあげた。

「寝言いってる気がした?」

「今、響とゆりさんと一緒にいる夢を見てたから」

「そうだったんだ」

涼音は微笑み、ぼくの手のうえに自分の手をそっと重ねた。あたたかい。

「寝言いってたら、今度教えるね」

「うん」

「大丈夫?」

「心配かけてごめん」

涼音はぎゅっと、ぼくの手を握りしめた。

「心配なんか、かけてないよ」

「でも、夢遊病」

「そのうち治るよ。わたしも昔、それやったことあるから」

「そうなの?」

涼音はおなかをさすりながら頷いた。

ぼくは手を伸ばして、そっと彼女のおなかに触れた。

あたたかくて、少しかたい。

「バスケ部だった中二の時。どうしてもゴール下のジャンプシュートが上手にできなかったの。そしたらわたし、寝ながらシュートの練習してたらしいよ。壁に向かってぴょんぴょん飛びはねてたんだって。家族が教えてくれた。笑っちゃうでしょ」

彼女が笑うとおなかもぴくぴく動いた。

「それからね、部活の練習がすごくきつくて、おまけに顧問《こもん》の先生が恐ろしく怖くてね……わたし、鼻から黄色い液体が何度か出たの」

「え？」

彼女はひとさし指を自分の鼻の下に当てた。

「朝起きたら枕が黄色く濡れてたり、練習中に鼻から黄色い液体が鼻血と間違えるぐらい出たりしてね」

「何それ」

「たぶん、胃液だったんじゃないかな。それで、さすがにまずいなって思って、部活、辞めたの。わたしって、こう見えて、けっこうヘタレなんだよ」

そんな話を涼音がしたのは初めてのことだった。

彼女はいつも明るい。太陽や向日葵みたいに。

そんな涼音にぼくは惹かれた。救われた。

そう、ずっと思っていた。

でも、それだけじゃなかった。

彼女の弱い部分にも、無意識のうちに惹かれていたんだ。

自分の弱い部分とちゃんと向き合って戦っている人が、ぼくは好きなんだ。

ぼくもそうだから。

「涼音はヘタレなんかじゃないよ」

涼音が両手を開いたので、ぼくは彼女をそっと抱きしめた。

「今日、何食べたい？」

耳のそばで涼音がささやく。

「涼音は？」

「唐揚げ」

「いいね」

「これ、描き終わったら一緒にスーパー行こう」

「うん」


それから、スーパーマーケットで夕飯の買い物をして帰ってくると、ココアを入れた。

そこにバニラのアイスクリームをたっぷり入れる。

冷たいのと熱いのを飲みながら、映画の『バグダッド・カフェ』を二人で観た。

彼女が一番好きな映画で、暇さえあれば観ている。

登場人物がマジックを披露《ひろう》するシーンを見て、

「わたしもマジック、勉強しようかなぁ」

と涼音が呟いた。

「本気?」

「ちょー本気。特技としてマジックぐらいできるとよくない?」

「どうだろう」

「絶対いいよ。来年はマジック習得を目標に掲げよっと」

確かに、映画の中で披露されるマジックは魔法のようで、見る者を幸せにしてくれる。

それはマジックをする人の人柄や雰囲気も大きく影響している気がする。

涼音ならばきっと、魔法のようにマジックをすることができるだろう。

「いいかもね。涼音のマジック、見てみたい」

「ほんと?　じゃ、頑張る!」

はやく見たい。涼音が魔法を使う姿を。

映画が終わると、涼音はうーんと伸びをして、「そろそろ夕飯の支度をしますか」と言った。

「料理長、何をお手伝いいたしましょう?」

ぼくが真面目な顔つきで訊ねると、彼女は胸をそらしてこほんと咳ばらいをした。

「では、野菜の皮むきを頼む」

「承知いたしました」

じゃがいも、人参、大根の皮をむいてざくざく切った。

ハムとキュウリも切り、キュウリは軽く塩をまぶしておく。

涼音は鶏肉をタレにつけこみ、苺を軽く洗ってつまみ食いをした。ぼくの口にも入れてくれる。

「甘いね」

ぼくが感想を言うと、彼女はにかっと笑った。

「だね。また買おう」

じゃがいもと人参と卵を茹《ゆ》でている間に、涼音は大根の味噌汁を手早く作った。

それから、タレにつけこんだ鶏肉を唐揚げ粉にまぶして油で揚げていった。

ゆで卵を取り出してから、茹であがったじゃがいもと人参の水を切る。それを鍋に戻して弱火にかけ、水気を飛ばす。

その間にゆで卵の殻《から》をむいて細かく切った。ボウルにじゃがいもと人参を入れ、ゆで卵とハム、それから水で塩を洗い流して程よくしぼったキュウリを入れてマヨネーズで和《あ》え、塩コショウで味を整えた。

大皿に唐揚げを山盛りに載せ、サニーレタスを敷いた皿にポテトサラダを盛り付けてプチトマトを飾る。

大根の味噌汁に、炊きたてのご飯。

キュウリの糠漬《ぬかづ》けとたくあん。

テーブルに料理を並べていると、ぼくらのおなかが交互にきゅうきゅう鳴ったので笑いあった。

「やばい、早く食べよう」

「んだんだ」

涼音はおどけながらも早足で二人の箸を取りにいった。

唐揚げは短時間にしてはつけこんだタレがよくしみていておいしかった。基本のタレにすったショウガを入れるのがポイントらしく、母親がそうやって作っていたそうだ。

結婚した時に涼音は母親からレシピを書いたノートをもらっていて、最初はそれを見ながら料理を作っていた。

でも今はノートを見なくても何でも作れるし、目分量でもいつも同じ味を出すことができる。

ぼくは涼音の味が好きだ。

おなかがパンパンになるまで食べると、服をめくっておなかを見せ合った。

「ああ、これは五カ月ですねぇ」

涼音はぼくの膨らんだ腹を撫でながら真剣な顔つきで言う。

「そちらは臨月《りんげつ》ですな」

涼音の腹を撫でながらぼくが頷くと、彼女は苦しそうな顔を作った。

「う、産まれる」

彼女はごろんと横になった。

食後に寝てしまうことが、この頃はよくある。

目を閉じたままの彼女の体にブランケットをそっとかけてあげた。

残った料理を小さい皿に移してラップをかけ、冷蔵庫にしまう。食器を洗い終えると、浴室に行って浴槽《よくそう》の蛇口をひねった。

「そういえば、明日は冬至だったな」

――どこかから、音がした。

部屋に戻ると、涼音は寝息をたてて眠っている。

こん、こん。

それはノックの音だった。

「はーい！　ちょっと待ってください！」

風呂場に戻ってお湯を止めてから、玄関のドアを開けた。

冷たい風が部屋の中に吹き込んでくる。

そこには誰もいなかった。

廊下に出て、寒さに身震いしながら首を伸ばして外階段を見下ろす。

黒い人影が階段をおりきったところだった。セールスか。

振り返ってドアを見た瞬間、全身に衝撃が走った。

ドアノブに白いビニール袋がかかっている。

中にはどっさりと柚子が入っていた。

そしてぼくは走り出していた。

途中で片方のサンダルが脱げたけれど、かまわずに走った。

街灯が照らす角を、黒い影が左に曲がる。

「響！」

数秒遅れて角を曲がると、ほんの数メートル先に、彼が立っていた。

響は黒いダウンジャケットに黒いパンツ、紫色のスニーカーを履いていた。

彼は小さく手をあげた。

「おう」

「来てくれたの？」

「連絡したけど返信がないから、いないかと思った」

「いるよ」

「いたね」

「柚子、持ってきてくれたの？」

「昔、くれただろ。そのおかえし」

「ありがとう」

少しずつ近づいていくと、響は少し横を向いて俯いた。そして、長く細い指先で小鼻をかいた。

「広夢の部屋からいい匂いがしたよ」

「唐揚げ、作ったんだ」

「やっぱり唐揚げか」

「響はもうご飯食べた？」

「まだこれから」

「よかったらうちで食べない？　ポテトサラダと大根の味噌汁と苺もあるよ」

「ビールは？」

「ない。今、妻が妊娠中なんだ」

「結婚したんだね」

「うん」

「いつ産まれるの？」

「春」

「春か。おめでとう」

「そこのコンビニでビールを買ってから帰ろう」

「邪魔じゃない？」

「そんなことあるわけないだろ」

すこしだけ、無言で見つめあった。

それだけで、わかりあえた気がした。

響はそっと、ぼくの頬に手をあてる。そして濡れた指先をじっと見つめた。

彼の頬も濡れている。

今夜、東京の空はやはり星が少ない。でも雨は降っていない。

「じゃあ行こうか」

彼の艶《つや》やかな瞳《ひとみ》は、『今』を見ている。

ぼくは響の肩を抱き、彼もぼくの肩を抱いた。

彼の冷え切った体を温めるために、少し乱暴に手でさすった。

「帰ろう」

やっとぼくらは、家に向かって歩きはじめた。

★この物語はフィクションです。
実在の人物、地名、団体等とは一切関係ありません。

**きみと過ごした数ヶ月を、
ぼくは絶対に忘れない——**

たった一人の写真部に所属する高校生・石見《いしみ》虹郎《こうろう》——通称「石ころ」は、うまくクラスに馴染めず孤独な学校生活を送っていた。
そんなある日、ひょんなことから知り合ったのが、クラスメイトの最上《もがみ》律《りつ》。教室ではあまり見かけないくせに、明るく前向きな彼女と接するうちに、灰色だった石ころの世界は鮮やかに彩られていく。しかし快活に振る舞う律には、誰にも言えない秘密があって……。

●定価：本体1200円＋税　●ISBN978-4-434-24559-6　illustration：とろっち

森園ことり（もりぞのことり）
東京都出身。2017 年、「おとなりさん」で「第 8 回アルファポリスドリーム小説大賞」大賞を受賞。2018 年、同作を「ぼくたちのためのレシピノート」に改題し書籍化、出版デビューに至る。

イラスト：ふすい
http://fusuigraphics.tumblr.com/

本書は Web サイト「アルファポリス」（http://www.alphapolis.co.jp/）に投稿されたものを、改題、改稿、加筆のうえ、書籍化したものです。

ぼくたちのためのレシピノート

森園ことり

2018年 4月 30日初版発行

編集－村上達哉・宮坂剛・太田鉄平
編集長－塙綾子
発行者－梶本雄介
発行所－株式会社アルファポリス
〒150-6005東京都渋谷区恵比寿4-20-3恵比寿ｶﾞｰﾃﾞﾝﾌﾟﾚｲｽﾀﾜｰ5F
TEL 03-6277-1601（営業）03-6277-1602（編集）
URL http://www.alphapolis.co.jp/
発売元－株式会社星雲社
〒112-0005 東京都文京区水道1-3-30
TEL03-3868-3275
装丁・本文イラスト－ふすい
装丁デザイン－AFTERGLOW
印刷－中央精版印刷株式会社

価格はカバーに表示されてあります。
落丁乱丁の場合はアルファポリスまでご連絡ください。
送料は小社負担でお取り替えします。

ISBN978-4-434-24355-4 C0093